二十四の瞳

壺井 栄

角川文庫 14733

一　小石先生

十年をひと昔というならば、この物語の発端は今からふた昔半もまえのことになる。世の中のできごとはといえば、選挙の規則があらたまって、普通選挙法というのが生まれ、二月にその第一回の選挙がおこなわれた、二か月後のことになる。昭和三年四月四日、農山漁村の名が全部あてはまるような、瀬戸内海べりの一寒村へ、若い女の先生が赴任してきた。

百戸あまりの小さなその村は、入り江の海を湖のような形にみせる役をしている細長い岬の、そのとっぱなにあったので、対岸の町や村へゆくには小舟で渡ったり、うねうねとまがりながらつづく岬の山道をてくてく歩いたりせねばならない。交通がすごくふべんなので、小学校の生徒は四年までが村の分教場にゆき、五年になってはじめて、片道五キロの本村の小学校へかようのである。手作りのわらぞうりは一日できれた。それがみんなはじまんであった。毎朝、新しいぞうりをおろすのは、うれしかったにちがいない。じぶんのぞうりをじぶんの手で作るのも、五年生になってからの仕事である。日曜日に、だれかの家へ集まってぞうりを作るのはた

のしかった。小さな子どもらは、うらやましそうにそれをながめて、しらずしらずのうちにぞうり作りをおぼえてゆく。小さい子どもたちにとって、五年生になるということは、ひとり立ちを意味するほどのことであった。しかし、分教場もたのしかった。

分教場の先生は二人で、うんと年よりの男先生と、子どものように若い女先生がくるのにきまっていた。それはまるで、そういう規則があるかのように、大昔からそうだった。職員室のとなりの宿直室に男先生は住みつき、女先生は遠い道をかよってくるのも、男先生が三四年を受けもち、女先生が一二年と全部の唱歌と四年女生の裁縫を教える、それも昔からのきまりであった。生徒たちは先生を呼ぶのに名をいわず、男先生、女先生といった。年よりの男先生が恩給をたのしみに腰をすえているのと反対に、女先生のほうは、一年かせいぜい二年するとはや転任した。なんでも、校長になれない男先生の教師としての最後のつとめと、新米の女先生が苦労のしはじめを、この岬の村の分教場でつとめるのだという噂もあるが、うそかほんとかはわからない。だが、だいたいほんとうのようでもある。

そうして、昭和三年の四月四日にもどろう。その朝、岬の村の五年生以上の生徒たちは、本校まで五キロの道をいそいそと歩いていた。みんな、それぞれ一つずつ進級したことが心をはずませ、足もとも軽かったのだ。かばんの中は新らしい教科

書にかわっているし、今日から新らしい教室で、新らしい先生に教えてもらうたのしみは、いつも通る道までが新らしく感じられた。それというのも、今日は、新らしく分教場へ赴任してくる女先生に、この道で出あうということもあった。

「こんどのおなご先生、どんなヤツじゃろな。」

わざとぞんざいに、ヤツよばわりをするのは、高等科——今の新制中学生にあたる男の子どもたちだ。

「こんどのもまた、女学校出え出えの卵じゃいよったぞ。」

「そんなら、また半人前先生か。」

「どうせ、岬はいつでも半人前じゃないか。」

「貧乏村なら、半人前でもしょうがない。」

正規の師範出ではなく、女学校出の準教員（今では助教というのだろうか）のことを、口のわるい大人たちが、半人前などというのをまねて、じぶんたちも、もう大人になったようなつもりでいっているのだが、たいして悪気はなかった。しかし、今日はじめてこの道を歩くことになった五年生たちは、目をぱちくりさせながら、今日仲間入りをしたばかりの遠慮で、きいている。だが、前方から近づいてくる人の姿をみとめると、まっさきに歓声をあげたのは五年生だった。

「わあ、おなご先生ェ。」

それは、ついこないだまで教えてもらっていた小林先生である。いつもはさっさとすれちがいながらおじぎを返すだけの小林先生も、今日は立ちどまって、なつかしそうにみんなの顔をかわるがわる見まわしました。
「今日で、ほんとにおわかれね。もうこの道で、みんなに出あうことはないわね。よく勉強してね。」
そのしんみりした口調に涙ぐんだ女の子もいた。この小林先生だけは、これまでの女先生の例をやぶって、まえの先生が病気でやめたあと、三年半も岬の村を動かなかった先生であった。だから、ここで出あった生徒たちは、いちどは小林先生に教わったことのあるものばかりだ。先生がかわるというようなことは、新学期のその日になってはじめて分かるのだが、小林先生は、かた破りに十日もまえに生徒に話したのである。三月二十五日の修業式に本校へいった帰り、ちょういま、立っているこのへんで、別れのことばをいい、みんなに、キャラメルの小箱を一箱ずつくれた。だからみんなは、今日この道を新らしい女先生が歩いてくるとばかり思っていたのに、それを迎えるまえに小林先生にあってしまったのである。
小林先生も、今日は分教場にいる子どもたちに、別れのあいさつにゆくところなのであろう。
「先生、こんどくる先生は？」

「さあ、もうそろそろ見えるでしょう。」
「こんどの先生、どんな先生？」
「しらんのよ、まだ。」
「また女学校出え出え？」
「さあ、ほんとにしらんの。でもみんな、性わるうしたら、だめよ。」
そういって小林先生は笑った。先生もはじめの一年は途中の道でひどく困らされて、生徒の前もかまわず泣いたこともあった。若いのと、なれないのとで、岬へくるたいていの女先生が、一度は泣かされるのを、本校通いの子どもらは伝説として知っていた。四年もいた小林先生のあとなので、子どもたちの好奇心はわくわくしていた。小林先生と別れてからも、みんなはまた、こんどくる先生の姿を前方に期待しながら、作戦をこらした。
「芋女ァって、どなるか。」
「芋女でなかったら、どうする？」
「芋女に、きまっとると思うがな。」
口ぐちに芋女芋女といっているのは、この地方がさつま芋の本場であり、その芋畑のまん中にある女学校なので、こんないたずらな呼びかたも生まれたわけだ。小

林先生もその芋女出身だった。子どもたちは、こんどくる女先生をも芋女ときめて、もうくるか、もう見えるかと、道がまがるたびに前方を見わたしたが、彼らの期待する芋女出え出えの若い先生の姿にはついに出あわず、本村の広い県道に出てしまった。と同時に、もうおなご先生のことなどかなぐり捨てて、小走りになった。いつも見るくせになっている県道ぞいの宿屋の玄関の大時計が、いつもより十分ほどすすんでいたからだ。時計がすすんだのではなく、小林先生と立ち話をしただけおそくなったのだ。背中や脇の下で筆箱を鳴らしながら、ほこりを立ててみんなは走りつづけた。

そうして、その日の帰り道、ふたたび女先生のことを思いだしたのは県道から、岬のほうへわかれた山道にさしかかってからである。しかもまた、向こうから小林先生が歩いてくるのだ。長い袂(たもと)の着物をきた小林先生は、その袂をひらひらさせながら、みょうに両手を動かしている。

「せんせえ。」

「おなごせんせえ。」

女の子はみんな走りだした。先生の笑顔(えがお)がだんだんはっきりと近づいてくると、先生の両手が見えない綱(つな)をひっぱっていることがわかって、みんな笑った。先生はまるで、ほんとに綱でもひきよせているように、両手をかわるがわる動かし、とう

とう立ちどまってみんなをひきよせてしまった。
「先生、こんどのおなご先生、きた？」
「きたわ。どうして？」
「まだ学校にいるん？」
「ああ、そのこと。舟できたのよ、今日は。」
「ふうん。そいでまた、舟で去んだん？」
「そう、わたしにもいっしょに舟で帰ろうとすすめてくれたけど、先生、も一ぺんあんたらの顔みたかったから、やめた。」
「わァ。」
　女の子たちがよろこんで歓声をあげるのを、男の子はにやにやして見ている。やがてひとりがたずねた。
「こんどの先生、どんな先生ぞな？」
「いーい先生らしい。かわいらしい。」
「小林先生はふっと思いだしたような笑顔をした。
「芋女（いもじょ）？」
「ちがう、ちがう。えらい先生よ、こんどの先生。」
「でも、新米じゃろ。」

小林先生はきゅうにおこったような顔をして、
「あんたら、じぶんで教えてもらう先生でもないのに、どうしてそんなことというの。はじめっから新米でない先生て、ないのよ。またわたしのときみたいに、泣かすつもりでしょう。」
そのけんまくに、心の中を見すかされたと思って目をそらすものもあった。小林先生が分教場にかよいだしたころの生徒は、わざと一列横隊になっておじぎをしたり、芋女っとさけんだり、穴があくほど見つめたり、にやにや笑いをしたりと、いろんな方法で新米の先生をいやがらせたものだった。しかし、三年半のうちにはもうどんなことをしても先生のほうで困らなくなり、かえって先生が手出しをしてふざけたりした。五キロの道のりでは、なにかなくてはやりきれなかったのだろう。ところをみて、またひとりの生徒がたずねた。
「こんどの先生、何いう名前？」
「大石先生。でもからだは、ちっちゃあい人。小林でもわたしはのっぽだけど、ほんとに、ちっちゃあい人よ。わたしの肩ぐらい。」
「わあ！」
まるで喜ぶようなその笑い声をきくと、小林先生はまたきっとなって、
「だけど、わたしらより、ずっとずっとえらい先生よ。わたしのように半人前では

「ないのよ。」
「ふうん。そいで先生、舟でかよううんかな?」
「ここが大問題だというようにきくのへ、先生のほうも、ここだなという顔をして、
「舟は今日だけよ。明日からみんな会えるわ。でも、こんどの先生は泣かんのよ。わたし、ちゃんといっといたもの。本校の生徒と行きし戻りに出あうけど、もしもいたずらしたら、猿が遊んでると思っときなさい。もしもなんかいってなぶったら、烏が鳴いたと思っときなさいって。」
「わあ。」
「わあ。」
みんないっせいに笑った。いっしょに笑って、それで別れて帰ってゆく。小林先生のうしろ姿が、つぎの曲がり角に消えさるまで、生徒たちは口ぐちに叫んだ。
「せんせえ。」
「さよならあ。」
「嫁さーん。」
「さよならあ。」
小林先生はお嫁にゆくためにやめたのを、みんなはもう知っていたのだ。先生が最後にふりかえって手をふって、それで見えなくなると、さすがにみんなの胸には、

へんな、もの悲しさがのこり、一日のつかれも出てきて、もっそりと歩いた。帰ると、村は大さわぎだった。
「こんどのおなご先生は、洋服きとるど。」
「こんどのおなご先生は、芋女とちがうど。」
「こんどのおなご先生は、こんまい人じゃど。」
そしてつぎの日である。芋女出でない、小さな先生にたいして、どきどきするような作戦がこらされた。

こそこそ こそこそ
こそこそ こそこそ

道みちささやきながら歩いてゆく彼らは、いきなりどぎもをぬかれたのである。場所もわるかった。見通しのきかぬ曲がり角の近くで、この道にめずらしい自転車が見えたのだ。自転車はすうっと鳥のように近づいてきたと思うと、みんなのほうへにこっと笑いかけて、
「おはよう！」
と、風のように行きすぎた。どうしたってそれは女先生にちがいなかった。歩いて

くるとばっかり思っていた女先生は自転車をとばしてきたのだ。自転車にのった女先生ははじめてである。はじめての日に、おはよう！　とあいさつをした先生もはじめてだ。みんな、しばらくはぽかんとしてそのうしろ姿を見おくっていた。全然これは生徒の敗けである。どうもこれは、いつもの新任先生とはだいぶようすがちがう。少々のいたずらでは、泣きそうもないと思った。

「ごつついな。」
「おなごのくせに、自転車にのったりして。」
「なまいきじゃな、ちっと。」
男の子たちがこんなふうに批評している一方では、女の子はまた女の子らしく、少しちがった見方で、話がはずみだしている。
「ほら、モダンガールいうの、あれかもしれんな。」
「でも、モダンガールいうのは、男のように髪をここのとこで、さんぱつしとるこ　　とじゃろ。」
そういって耳のうしろで二本の指を鋏にしてみせてから、
「あの先生は、ちゃんと髪ゆうとったもん。」
「それでも、洋服きとるもん。」

「ひょっとしたら、自転車屋の子かもしれんな。あんなきれいな自転車にのるのは。ぴかぴか光っとったもん。」
「うちらも自転車にのれたらええな。この道をすうっと走りる、気色がええじゃろ。」

なんとしても自転車では太刀打ちできない。しょい投げをくわされたように、みんながっかりしていることだけはまちがいなかった。なんとか鼻をあかしてやる方法を考えだしたいと、めいめい思っているのだが、なに一つ思いつかないうちに岬の道を出はずれていた。宿屋の玄関の柱時計は今日もまた、みんなの足どりを正直にしめして八分ほどすぎている。それ、とばかり背中と脇の下の筆入れはいっせいに鳴りだし、ぞうりはほこりを舞いあがらせた。

ところが、ちょうどその同じところ、岬の村でも大さわぎだった。昨日は舟にのってきたとかで、気がつかぬうちにまた舟で帰ったのをきいた村のおかみさんたちは、今日こそ、どんな顔をして道を通るかと、その洋服をきているという女先生を見たがっていた。ことに村の入り口の関所とあだ名のあるよろずやのおかみさんときたら、岬の村へくるほどの人は、だれよりも先にじぶんが見る権利がある、とでもいうように、朝のおきぬけから通りのほうへ気をくばっていた。だいぶ永らく雨がなかったので、かわいた表通りに水をまいておくのも、新らしい先生を迎えるにはよ

かろうと、ぞうきんバケツをもって出てきたとき、向こうから、さあっと自転車が走ってきたのだ。おやっと思うまもなく、
「おはようございます。」
あいそよく頭をさげて通りすぎた女がある。
「おはようございます。」
返事をしたとたんに、はっと気がついたが、ちょうど下り坂になった道を自転車はもう走りさっていた。よろずやのおかみさんはあわてて、となりの大工さんとこへ走りこみ、井戸ばたでせんたくものをつけているおかみさんに大声でいった。
「ちょっと、ちょっと、いま、洋服きた女が自転車にのって通ったの、あれがおなご先生かいの？」
「白いシャツきて、男みたような黒の上着きとったかいの。」
「うん、そうじゃ。」
「なんと、自転車でかいの。」
昨日入学式に長女の松江をつれて学校へいった大工のおかみさんは、せんたくものを忘れて、あきれた声でいった。よろずやのおかみさんは、わが意を得たという顔で、
「ほんに世もかわったのう。おなご先生が自転車にのる。おてんばといわれせんか

いな。」
　口では心配そうにいったが、その顔はもうおてんばをしていた。よろずやの前から学校までは自転車では二三分であろうが、すうっと風をきって走っていって十五分もたたぬうちに、女先生の噂はもう村中にひろまっていた。学校でも生徒たちは大さわぎだった。職員室の入り口のわきに置いた自転車をとりまいて、五十人たらずの生徒は、がやがや、わやわや、やっぱり雀のようにぱあっと散ってしまう。しかたなく女先生が話しかけようとして近づくと、まるで雀のけんかだった。そのくせ女先生が話しかけようとして近づくと、まるで雀のけんかだった。そっけない顔でだまっている。まるでそれは、話しかけられるのは困ります、とでもいっているふうに、机の上の担当箱のかげにうつむきこんで、なにか書類を見ているのだ。授業のうちあわせなどは、きのう小林先生との事務ひきつぎですんでいるので、もうことさら用事はないのだが、それにしてもあんまり、そっけなさすぎると、女先生は不平だったらしい。しかし、男先生は男先生で、困っていたのだ。
　──こまったな。女学校の師範科を出た正教員のぱりぱりは、芋女出え出えの半人前の先生とは、だいぶようすがちがうぞ。からだこそ小さいが、頭もよいらしい。話があうかな。昨日、洋服をきてきたので、だいぶハイカラさんだとは思っていたが、自転車にのってくるとは思わなんだ。困ったな。なんで今年にかぎって、こん

な上等を岬へよこしたんだろう。校長も、どうかしとる。——と、こんなことを思って気をおもくしていたのだ。この男先生は、百姓の息子が、十年がかりで検定試験をうけ、やっと四五年前に一人前の先生になったという、努力型の人間だった。いつも下駄ばきで、一枚かんばんの洋服は肩のところがやけて、ようかん色にかわっていた。子どももなく年とった奥さんと二人で、貯金だけをたのしみに、倹約にくらしているような人だから、人のいやがるこのふべんな岬の村へきたのも、つきあいがなくてよいと、じぶんからの希望であったという変り種だった。靴をはくのは職員会議などで本校へ出むいてゆくときだけ、自転車などは、まださわったこともなかったのだ。しかし、村ではけっこう気にいられて、魚や野菜に不自由はしなかった。村の人と同じように、垢をつけて、村の人と同じものを食べて、村のことばをつかっているこの男先生に、新任の女先生の洋服と自転車はひどく気づまりな思いをさせてしまった。

しかし、女先生はそれを知らない。前任の小林先生から、本校通学の生徒のいずらについては聞いていたのだが、男先生についてはただ、「へんこつよ、気にしないで。」とささやかれただけだった。だが、へんこつというよりも、まるでいじわるでもされそうな気がして、たった二日目だというのに、うっかりしていると、ためいきが出そうになる。女先生の名は大石久子。湖のような入り江の向こう岸の、

大きな一本松のある村の生まれである。岬の村から見る一本松は盆栽の木のように小さく見えたが、その一本松のそばにある家ではお母さんがひとり、娘のつとめぶりを案じてくれている。——と思うと、大石先生の小さなからだは思わず胸をはって、大きくいきをすいこみ、

「お母さん！」

と、心の底から呼びかけたくなる。ついこのあいだのこと、

「岬は遠くて気のどくだけど、一年だけがまんしてくださいよ。一年たったら本校へもどしますからな。分教場の苦労は、さきしといたほうがいいですよ。」

亡くなった父親と友だちの校長先生にそういわれて、一年のしんぼうだと思ってやってきた大石先生である。歩いてかようにはあまりに遠いから、下宿をしてはとすすめられたのを、母子いっしょにくらせるのをただ一つのたのしみにして、市の女学校の師範科の二年を離れてくらしていた母親のことを思い、片道八キロを自転車でかよう決心をした大石先生である。自転車は久子としたしかった自転車屋の娘の手づるで、五か月月賦で手にいれたのだ。着物がないので、母親のセルの着物を黒く染めて、へたでもじぶんで縫った。それともしらぬ人びとは、おてんばで自転車にのり、ハイカラぶって洋服をきていると思ったかもしれぬ。なにしろ昭和三年で普通選挙がおこなわれても、それをよそごとに思っているへんぴな村のことである。

である。その自転車が新らしく光っていたから、その黒い手縫いのスウツに垢がついていなかったから、その白いブラウスがまっ白であったから、岬の村の人にはひどくぜいたくに見え、おてんばに見え、よりつきがたい女に見えたのであろう。しかしそれも、大石先生にはまだなっとくのゆかぬ、赴任二日目である。ことばの通じない外国へでもやってきたような心細さで、一本松のわが家のあたりばかりを見やっていた。

始業を報じる板木が鳴りひびいて、大石先生はおどろいて我れにかえった。ここでは最高の四年生の級長に昨日えらばれたばかりの男の子が、背のびをして板木をたたいていた。校庭に出ると、今日はじめて親の手をはなれ、ひとりで学校へきた気負いと一種の不安がまじって、一年生のかたまりだけは、独特な、無言のざわめきをみせている。三四年の組がさっさと教室へはいっていったあと、大石先生はしばらく両手をたたきながら、それにあわせて足ぶみをさせ、うしろむきのまま教室へみちびいた。はじめてじぶんにかえったようなゆとりが心にわいてきた。席におさまると、出席簿をもったまま教壇をおり、

「さ、みんな、じぶんの名前をよばれたら、大きな声で返事するんですよ。——岡田磯吉くん！」

背の順にならんだので一番前の席にいたちびの岡田磯吉は、まっさきにじぶんが呼ばれたのも気おくれのしたもとであったが、生まれてはじめてクンといわれたことでもびっくりして、返事がのどにつかえてしまった。
「岡田磯吉くん、いないんですか。」
見まわすと、いちばんうしろの席の、ずぬけて大きな男の子が、びっくりするほど大声で、答えた。
「いる。」
「じゃあ、ハイって返事するのよ。岡田磯吉くん。」
返事した子の顔を見ながら、その子の席へ近づいてゆくと、二年生がどっと笑いだした。本ものの岡田磯吉は困って突っ立っている。
「ソンキよ、返事せえ。」
きょうだいらしく、よくにた顔をした二年生の女の子が、磯吉にむかって、小声でけしかけている。
「みんなソンキっていうの？」
先生にきかれて、みんなは一ようにうなずいた。
「そう、そんなら磯吉のソンキさん。」
また、どっと笑うなかで、先生も一しょに笑いだしながら鉛筆を動かし、その呼

び名をも出席簿に小さくつけこんだ。

「つぎは、竹下竹一くん。」

「ハイ。」りこうそうな男の子である。

「そうそう、はっきりと、よくお返事できたわ。——そのつぎは、徳田吉次くん。」

徳田吉次がいきをすいこんで、ちょっとまをおいたところを、さっき、岡田磯吉のとき「いる。」といった子が、少しいい気になった顔つきで、すかさず、

「キッチン。」

と、叫んだ。みんながまた笑いだしたことで相沢仁太というその子はますますいい気になり、つぎに呼んだ森岡正のときも、「タンコ。」ととなった。そして、じぶんの番になると、いっそう大声で、

「ハーイ。」

先生は笑顔のなかで、少したしなめるように、

「相沢仁太くんは、少しおせっかいね。声も大きすぎるわ。こんどは、よばれた人が、ちゃんと返事してね。——川本松江さん。」

「ハイ。」

「あんたのこと、みんなはどういうの?」

「マッちゃん。」

「そう、あんたのお父さん、大工さん？」
松江はこっくりをした。
「西口(にしぐち)ミサ子さん。」
「ハイ。」
「ミサちゃんていうんでしょ。」
彼女もまた、かぶりをふり、小さな声で、
「ミイさん、いうん。」
「あら、ミイさんいうの。かわいらしいのね。——つぎは、香川(かがわ)マスノさん。」
「ヘイ。」
思わずふきだしそうになるのをこらえこらえ、先生はおさえたような声で、
「ヘイは、すこしおかしいわ。ハイっていいましょうね、マスノさん。」
すると、おせっかいの仁太がまた口をいれた。
「マアちゃんじゃ。」
先生はもうそれを無視して、つぎつぎと名前を呼んだ。
「木下富士子(きのしたふじこ)さん。」
「ハイ。」
「山石早苗(やまいしさなえ)さん。」

「ハイ。」
返事のたびにその子の顔に微笑をおくりながら、
「加部小ツルさん。」
急にみんながわいわいさわぎだした。何ごとかとおどろいた先生も、口ぐちにいっていることがわかると、香川マスノのヘイよりも、もっとおかしく、若い先生はとうとう笑いだしてしまった。みんなはいっているのだった。カベコッツル、カベコッツル、壁に頭をカベコッツル。

勝気らしい加部小ツルは泣きもせず、しかし赤い顔をしてうつむいていた。そのさわぎもやっとおさまって、おしまいの片桐コトヱの出席をとったときにはもう、四十五分の授業時間はたってしまっていた。加部小ツルがチリリンヤつけて、用足しをする便利屋）の娘であり、木下富士子が旧家の子どもであり、ヘイと返事をした香川マスノが町の料理屋の娘であり、ソンキの岡田磯吉の家が豆腐屋で、タンコの森岡正が網元の息子と、先生の心のメモにはその日のうちに書きこまれた。それぞれの家業は豆腐屋とよばれ、米屋とよばれ、網屋とよばれてはいても、そのどの家もめいめいの商売だけでは暮しがたたず、百姓もしていれば、片手間には漁師もやっている。そういう状態は大石先生の村と同じである。だれもかれも寸暇をおしんで働かねば暮しのたたぬ村、だが、だれもかれも働くことをいとわ

ぬ人たちであることは、その顔を見ればわかる。

この、今日はじめて一つの数から教えこまれようとしている小さな子どもが、学校から帰ればすぐに子守りになり、麦搗きを手つだわされ、網曳きにゆくというのだ。働くことしか目的がないようなこの寒村の子どもたちと、どのようにしてつながってゆくかを思うとき、一本松をながめて涙ぐんだ感傷は、恥ずかしさでしか考えられない。今日はじめて教壇に立った大石先生の心に、今日はじめて集団生活につながった十二人の一年生の瞳は、それぞれの個性にかがやいてことさら印象ぶかくうつったのである。

この瞳を、どうしてにごしてよいものか！

その日、ペダルをふんで八キロの道を一本松の村へと帰ってゆく大石先生のはつらつとした姿は、朝よりもいっそうおてんばらしく、村人の目にうつった。

「さよなら。」

「さよなら。」

「さよなら。」

出あう人みんなにあいさつをしながら走ったが、返事をかえす人はすくなかった。時たまあっても、だまってうなずくだけである。そのはずで、村ではもう大石先生批判の声があがっていたのだ。

——みんなのあだ名まで帳面につけこんだそうな。
——西口屋のミイさんのことを、かわいらしいというたそうな。
——もう、はやのこめから、ひいきしよる。西口屋じゃ、なんぞ持っていってお上手したんかもしれん。

なんにも知らぬ大石先生は、小柄なからだをかろやかにのせて、村はずれの坂道にさしかかると、少し前こごみになって足に力をくわえ、このはりきった思いを一刻も早く母に語ろうと、ペダルをふみつづけた。歩けばたいして感じないほどのゆるやかな坂道は、往きにはこころよくすべりこんだのだが、そのこころよさが帰りには重い荷物となる。そんなことさえ、帰りでよかったとありがたがるほどすなおな気持であった。
やがて平坦な道にさしかかると、朝がた出あった生徒の一団も帰ってきた。

——大石　小石
——大石　小石

幾人もの声のたばが、自転車の速度につれ大きく聞こえてくる。なんのことか、はじめは分からなかった先生も、それがじぶんのことと分かると思わず声を出して笑った。それがあだ名になったと、さとったからだ。わざと、リリリリリとベルを鳴らし、すれちがいながら、高い声でいった。

「さよならァ。」
わあっと喚声(かんせい)があがり、また、大石小石! と呼びかける声が遠のいてゆく。おなご先生のほかに、小石先生という名がその日生まれたのである。からだが小つぶなからでもあるだろう。新しい自転車に夕陽(ゆうひ)がまぶしくうつり、きらきらさせながら小石先生の姿は岬(みさき)の道を走っていった。

二　魔法の橋

とっぱなまで四キロの細長い岬のまん中あたりにも小さな部落がある。入り海にそった白い道は、この小部落にさしかかるとともに、しぜんに岬を横ぎって、やて外海ぞいに、海を見おろしながら岬村へとのびている。この外海ぞいの道にさしかかる前後に、本校へかよう生徒たちと出あうのが、毎日のきまりのようになっていて、もしも、少しでも場所がちがうと、どちらかがあわてねばならぬ。
「わあ、小石先生きたぞう。」
急に足ばやになるのはたいてい生徒のほうだが、たまには先生のほうでも、入り海ぞいの道で行く手に生徒の姿を見つけ、あわててペダルに力を入れることもある。

そんなとき、生徒のほうの、よろこぶまいことか。顔をまっかにして走る先生にむかって、はやしたてた。
「やあい、先生のくせに、おくれたぞォ。」
「月給、ひくぞォ。」
そして、わざと自転車の前に法度（はっと）する子どもさえあった。そんなことがたびかさなると、その日家へ帰ったときの先生は、お母さんにこぼした。
「子どものくせに、月給ひくぞォだって。勘定（かんじょう）だかいのよ。いやんなる。」
お母さんは笑いながら、
「そんなこと、おまえ、気にする馬鹿（ばか）があるかいな。でもまあ、一年のしんぼうじゃ。しんぼう、しんぼう。」
だが、そういってなぐさめられるほど、苦痛は感じていなかった。なれてくると、朝はやく自転車をとばす八キロの道のりはあんがいたのしく、岬を横ぎるころにはスピードが出てきて、いつのまにか競争をしていた。それがまた生徒の心へひびかぬはずがなく、負けずに足が早くなった。シーソーゲームのように押しつ押されつ、一学期も終ったある日、用事で本校へ出むいていった男先生はみょうなことをきいてかえった。この一学期間、岬の生徒は一度もこくしないというのだ。片道五キロを歩いてかよう苦労はだれにもわかっていることで、昔から、岬の子どものちこ

くだけは大目に見られていたのだが、逆に一度もちこくがないとなると、これは当然ほめられねばならぬ。もちろん、一大事件としてほめられたのだ。男先生はそれを、じぶんの手柄のように思ってよろこび、
「なんしろ、今年の生徒のなかには、たちのよいのがおるからなあ。」
五年生のなかにたったひとり、本校の大ぜいのなかでも群をぬいてできのよい女の子がいることで、岬からかよっている三十人の男女生徒がちこくしなかったようにいった。だがそれは、じつは女先生の自転車のためだったのだ。しかし、女先生だとて、そうとは気がつかなかった。そして、たびたび、この岬の村の子どもらの勤勉さに感心し、いたずらぐらいはしんぼうすべきことだと思った。そう思いながら、心の中ではじぶんの勤勉さをも、ひそかにちこくしただけだわ。わたしは八キロだもの——などと。そして窓の外に目をやり、じぶんをいつもはげましてくれるお母さんのことを思った。おだやかな入り海はいかにも夏らしくぎらぎら光って、母のいる一本松の村は白い夏雲の下にかすんで見えた。あけっぴろげの窓から、海風が流れこんできて、もうあと二日で夏休みになるよろこびが、からだじゅうにしみこむような気がした。だが、少し悲しいのは、なんとしても気をゆるさぬようにむような気がした。それを男先生にこぼすと、男先生は奥歯のない口を大きくあ

けて笑い、
「そりゃあ無理な注文じゃ。あんたが、なんぼ熱心に家庭訪問してもじゃな、洋服と自転車がじゃましとります ワ。ちっとばかりまぶしくて、気がおけるんです。そんな村ですからな。」

女先生はびっくりしてしまった。顔を赤らめ、うつむいて考えこんだ。
——着物きて、歩いてかよえというのかしら。往復四里（十六キロ）の道を……。

夏休み中にもなんどかそれについて考えたが、決心のつかぬうちに二学期がきた。暦のうえでは九月といっても、永い休みのあとだけに暑さは暑さ以上にこたえ、女先生の小さなからだは少しやせて、顔色もよくなかった。その朝家を出かけるとき、先生のお母さんはいった のである。
「なんじゃかんじゃというても、三分の一は過ぎたでないか。しんぼう、しんぼう、もうちょっとのしんぼう。」

手つだって自転車を出してくれながら、なぐさめてくれた。しかし、先生でもお母さんの前では、ちょっとわがままをいってみたくなることは、ふつうの人間と同じである。
「あーあ。しんぼ、しんぼか。」
腹でも立てているように、さあっと自転車をとばした。しばらくぶりに風をきっ

て走るこころよさが身にしみるようだったが、今日からまた、自転車でかようことを思うと気が重くなった。休み中なんどか話がでて、岬で部屋でも借りようかといってもみたが、けっきょくは自転車をつづけることになったのである。自転車も、朝はよいけれど、焼けつくような、暑熱のてりかえす道を、背中に夕陽をうけてもどってくるときのつらさは、ときに呼吸もとまるかと思うこともある。岬の村は目の前なのに、日がな毎日馬鹿念をいれて、入り海をぐるりとまわってかようことを考えると、くやしくてたまらない。しかも自転車は岬の人たちの気にいらないというのだ。

あんちきしょ！

口に出してはいわないが、目の前に横たわる岬をにらまえると、思わず足に力がはいる。めずらしく波のざわめく入り江の海を右にへだてて、岬に逆行して走りながら、ああ、と思った。今日は二百十日なのだ。そうと気がつくと、なんとなくあらしをふくんだ風が、じゃけんに頰をなぐり、潮っぽい香りをぞんぶんにただよわせている。岬の山のてっぺんがかすかにゆれ動いているようなのは、外海の波の荒さを思わせて、ちょっと不安にもなった。途中で自転車をおりねばならないかもしれぬからなのだ。そうなるとゆかいなものはない。しかし、だからといって今おりるわけにはもうゆかないのだと考えながら、いつしか、空想は羽のある

鳥のように飛びまわっていた。

……風よ凪げ！　アリババのようにわたしが命令をくだすと、風はたちまち力をぬいて、海はうそのように静まりかえる。まるで、いま、眠りからさめたばかりの湖のような静かさです。橋よかかれ！　さっとわたしが人さし指を前にのばすと、海の上にはたちまち橋がかかる。りっぱな、虹のようにきれいな橋です。わたしだけに見える、そして、わたしだけがとおれる橋なのです。わたしはゆっくりとヘダルをゆっくりと渡は、そっとその橋の上にさしかかります。わたしの自転車あわてて海におちこむと大へんですから。こうして七色のそり橋をゆっくりと渡りましたが、いつもより四十五分も早く岬の村へつきました。さあ大へんです。わたしの姿を見た村の人たちは、いそいで時計の針を四十五分ほどすすめるし、子どもたちときたら、見るも気のどくなほどあわててふためいて、食べかけの朝飯をのどにつめ、あとはろくに食べずに家をとびだしました。わたしが学校につくと、いま起きだしたばかりの男先生はおどろいて井戸ばたにかけつけ、手水をつかいはじめるし、年とった奥さんは奥さんで、ねまきも着かえるまがなく七輪をやけにあおぎながら、片手で衿もとを合わせ、きまりわるそうなていさい笑いをし、そっと目もとや口もとをこすりました。目のわるい奥さんは、朝おき

ると、いつも目やにがたまっているのです……

ここだけはほんとのことなので、思わずくすっと笑ったとき、空想は霧のように消えてしまった。ゆく手から、風にみだされながらいつもの声がきこえたのである。

「小石せんせえ。」

ひと月ぶりの声をきくと、ぐっとからだに力がはいり、「はーい。」と答えたものの、風はその声をうしろのほうへもっていったようだ。思ったとおり、外海の側は大きく波が立ちさわいでいて、いかにも厄日らしいさまを見せている。

「おそいのね、今日は。四十五分ぐらいおくれているかもしれないわよ。」

それをきくと、なつかしそうに立ちどまって、何か話しかけそうにした子どもたちは、本気にして走りだした。先生のほうも、風にさからって、いっそう足に力をいれた。ときどき方向のきまらぬような舞い舞い風がふいてきて、何度も自転車をおりねばならなくなったりした。まったく、四十五分ほどおくれそうだ。海べの村でも一本松はいつも厄日にもたいしたことはないのにくらべると、細長い岬の村は、外海側の半分がいつも相当の害をうけたらしい。押して歩く木々の小枝のちぎれてとびちった道を、自転車も難渋しながら進んだ。ほうが多かったかもしれぬ。こうして、ほんとうにずいぶんおくれて村にさしかか

ったのであったが、村中が一目で見えるところまできて、先生は思わず立ちどまって叫んだ。

「あらッ。」

村のとっつきの小さな波止場では、波止場のすぐ入り口で漁船がてんぷくして、鯨の背のような船底を見せているし、波止場にはいれなかったのか、道路の上にも幾隻かの舟があげられていた。海から打ちあげられた砂利で道はうずまり、とうてい自転車などとおれそうもないほど荒れているのだ。まるで、よその村へきたような変りかただった。海べりの家ではどこもみな、屋根がわらをはがされたらしく、屋根の上に人があがっていた。だれひとり先生にあいさつをするゆとりもないらしいなかを、先生もまた、道に打ちあげられた石をよけながら、自転車を押してやっと学校にたどりついた。門をはいってゆくと、どっと一年生が走ってきて、とりまいた。そのどの顔にも、生き生きとした目の光りがあった。それは、昨夜のあらしのおとずれを、よろこんででもいるように元気なのだ。うわずった声の調子で、口ぐちに話しかけようとするのを、少し出しゃばりの香川マスノが、わたしが報告役だとでもいうふうに、その声の高さでみんなをおさえ、

「せんせ、ソンキのうち、ぺっちゃんこにつぶれたん。マスノのうすいくちびるから出たことばにおどろき、蟹をたたきつけたように、だんだん大きく目をみひら

いた先生は、顔色さえも少しかえて、
「まあ、ソンキさん、うちの人たち、けがしなかったの？」
見まわすと、ソンキの岡田磯吉は、びっくりしたのがまださめないようすで、こっくりをした。
「せんせ、わたしのうちは、井戸のはねつるべの棹がまっ二つに折れて、井戸ばたの水がめがわれたん。」
やっぱりマスノがそういった。
「大へんだったのね。ほかのうち、どうだったの？」
「よろずやの小父さんが、屋根のかこいをしよって、屋根から落ちたん。」
「まあ。」
「ミイさんとこでさえ、雨戸をとばしたんで。なあミイさん。」
気がつくと、マスノがひとりでしゃべっている。
「ほかの人どうしたの。なんでもなかったの？」
山石早苗と目があうと、内気な早苗はあかい顔をしてこっくりした。マスノは先生のスカートをひっぱって、じぶんのほうへ注意をひき、
「せんせせんせ、それよりもまだ大騒動なんよ。米屋の竹一ん家は、ぬすっとにはいられたのに、なあ竹一。米一俵、とられたんなあ。」

同意をもとめられて竹一は、うんとうなずき、
「ゆだんしとったんじゃ。こんな雨風の日はだいじょうぶと思うたら、今朝んなって見てみたら、ちゃんと納屋の戸があいとったん。ぬすっとの家まで、米つぶがこぼれとるかもしれんいうて、お父つぁんがさがしたけんど、こぼれとらなんだん。」
「まあ、いろんなことがあったのね。──ちょっとまって、自転車おいていくから、またあとでね。」
いつものとおり職員室のほうへ歩いてゆきながら、ふっと、いつもとちがった明かるさを感じて立ちどまった先生は、そこでまたおどろかされてしまった。井戸の屋根がふっとんで、見おぼえのトタン屋根のあたりが空白になり、そのあたりの空に白い雲がとんでいた。走りまわっていたらしいうしろはちまきの男先生が、いつもに似合わずそのよい顔で、
「やあ、おなご先生」どうです。ゆうべは、だいぶあばれましたな。」
たすきがけの奥さんも出てきて、頭の手ぬぐいをぬぎながら久しぶりのあいさつをし、
「一本松が、折れましたな。」
「え、ほんとですか。」
先生はとびあがるほどおどろき、じぶんの村のほうに目をやった。一本松はいつ

ものところにちゃんと立っているが、よくみると少しちがった姿をしている。たいした暴風でもなかったのに、年をへた老松ろうしょうでもあわれたものらしい。それにしても、入り海をとりかこんだ村むらにとって、大昔から何かにつけて目じるしにされてきた名物の老松が難にあったのを、地元のじぶんが気づかずにいたのが恥ずかしかった。しかも今朝がたは、ごうまんにもいい気になって、一本松の下から人さし指一本で魔法まほうの橋をかけ、波をしずめていたのだ。村の時計を四十五分も進めさせることで、村中の人を大さわぎさせたのに、きてみればそれどころでない大さわぎなのだ。男先生はあわてて手水をつかっているどころでなく、はだしになって働いている。奥さんは七輪などとっくにすまして、きりりとしたたすきがけで働いているではないか。

ああ、二学期第一日は出発からまちがっていた、と女先生はひそかに考えた。家を出るときの、お母さんにたいしてのぶあいそをくいたのである。三時間目の唱歌のとき、女先生は思いついて、生徒をつれ、災難をうけた家へお見舞いにゆくことにした。いちばん学校に近い西口ミサ子の家へより、見舞いのことばをのべた。なんといっても家がぺっちゃんこになったソンキの家が被害ひがいの第一番だとみんながいうので、つぎには荒神様こうじんさまの上にあるソンキの家へむかった。マスノが今朝いった、蟹をたたきつけたようだというのを思いだし、それは大人の口まねだろうと思いな

がら、へんに実感をともなって想像された。だが家はもう近所の人たちの手だすけであらかた片づいていた。別棟の豆腐納屋のほうが助かったので、そこの土間にじかに畳をいれて、そこへ家財道具をはこんでいた。一家七人が今夜からそこに寝るのかと思うと、気のどくさですぐにはことばも出ないでいるのを、手つだい人のなかから川本松江の父親が口をだし、大工らしいひょうきんさで、しかしいくぶんかの皮肉をまじえていった。

「あ、これはこれは先生、先生まで手つだいにきておくれたんかな。そんならひとつ、その大ぜいの弟子を使うて道路の石でも浜へころがしてつかあさらんか（くださいませんか）。ここは大工でないと都合がわるいですわい。それとも、手斧でも持ちますかな。」

よいなぐさみものといわんばかりに、そこらの人たちが笑う。先生ははっとし、のんきらしく見られたことを恥じた。その通りだと思った。しかし、せっかくきたのだから、一言でもソンキの家の人たちに見舞いをいおうと思い、なんとなくぐずぐずしていたが、だれも取りあってくれない。しかたなくもどりかけながら、てかくしに子どもたちにはかった。

「ね、みんなで、これから道路の砂利掃除をしようか。」

「うん、うん。」

「しよう、しよう。」
　子どもたちは大よろこびで、くもの子が散るようにかけだした。あらしのあとらしい、すがすがしさをともなった暑さにつつまれて、村は隅ずみまではっきりと見えた。
「よいしょっと！」
「こいつめ！」
「こんちきぃ。」
　めいめいの力におうじた石をかかえては、浜へ落とすのである。二人がかりでやっと動くような大きな石ころもまじえて、まるで荒磯のように石だらけの道だった。今はもう、ただ静かにたたえているだけのような海の水が、昨夜はこの高い道路の石垣をのりこえて、こんな石まで打ちあげるほどあふれくるったのかと思うと、そのふしぎな自然の力におどろきあきれるばかりだった。波は石をはこび、風は家をたおし、岬の村はまったく大騒動の一夜であったのだ。同じ二百十日も、岬の内と外ではこうもちがうのかと思いながら、先生は抱えた石をどしんと浜になげ、すぐそばで、なれたしぐさで石をけとばしている三年生の男の子にきいた。
「時化のとき、いつもこんなふうになるの？」

「はい。」
「そして、みんなで石掃除するの?」
「はい。」
　ちょうど、そこを香川マスノの母親がとおりかかり、
「まあま先生、ごくろうでござんすな。でも、今日はざっとにーたほうがよろしいですわ。どうせまた、うしろ七日や二百二十日がひかえとりますからな。」
　本村のほうで料理屋と宿屋をしているマスノの母は、わが子のいる岬へようすを見にきたということであった。マスノがとんできて、母親の腰にかじりつき、
「お母さん、おそろしかったんで、ゆうべ。うち、ごつげな音がして、おばあさんにかじりついて寝たん。朝おきたら、はねつるべの棹（さお）が折れとったんで。水がめがわれてしもたん。」
　今朝きいたことをマスノはくりかえして母に語っていた。ふんふんといちいちなずいていたマスノの母親は、半分は先生にむかって、
「岬じゃあ船が流されたり、屋根がつぶれたり、ごっそり壁（かべ）が落ちて家の中が見とおしになった家もあると聞いたもんですからな、びっくりしてきたんですけど、つるべの棹ぐらいでよかった、よかった。」
　マスノの母親がいってから、

「マアちゃん、ごっそり壁が落ちたって、だれのうち?」

マスノはかかえていた石を、すてるのをわすれたように、得意の表情になって、

「仁太んとこよ先生。壁が落ちて押入れん中ずぶぬれになってしもたん。見にいったら、中がまる見えじゃった。ばあやんが押入れん中でにないして天井見よった。」

顔をしかめてばあやんのまねをしたので、先生は思わず吹きだしたのである。

「押入れが、まあ。」

そういったあとで、笑いはこみあげてきて、ころころと声に出てしまった。なぜそんなに先生が笑いだすのか生徒たちにはわからなかったが、マスノはひとり、じぶんが先生をよろこばしたような気になって、きげんのよい顔をした。みんなはいつかよろずやのそばまできていた。よろずやのおかみさんはすごいけんまくを顔にだして走りよってきて、先生の前に立った。肩でいきをしながら、すぐにはものもいえないようだ。

「あら、失礼いたしました。しけで大へんでしたなあ。今日は石ころ掃除のお手つだいをしていますの。」

しかし、おかみさんはまるで聞こえないようすで、

「おなご先生、あんたいま、なにがおかしいて笑うたんですか?」

「………」

「人が災難に会うたのが、そんなおかしいんですか。うちのお父さんは屋根から落ちましたが、それもおかしいでしょう。みんごと大した怪我は、しませんなんだけど、大怪我でもしたら、なお、おかしいでしょう。」
「すみません。そんなつもりはちっとも——。」
「いいえ、そんならなんで人の災難を笑うたんです。おていさいに、道掃除などしてもらいますまい。とにかく、わたしの家の前はほっといてもらいます。——なんじゃ、じぶんの自転車が走れんからやってるんじゃないか、あほくさい。そんなら、じぶんだけでやりゃあよい……。」
あとのほうはひとり言のようにつぶやきながら、びっくりして二の句もつげないでいる先生をのこして、ぷりぷりしながら引きかえすと、となりの川本大工のおかみさんに、わざとらしい大声で話しかけた。
「あきれた人もあるもんじゃな。ひとの災難を聞いて、けらけら笑う先生があろうか。ひとつ、ねじこんできた。」
やがてそれは、また尾ひれがついて村中に伝わってゆくにちがいない。じっと突っ立って、二分間ほど考えこんでいた先生は、心配そうにとりまいている生徒たちに気がつくと、泣きそうな顔で笑いに、しかし声だけは快活に、
「さ、もうやめましょう。小石先生しっぱいの巻だ。浜で、歌でもうたおうか。」

くるっときびすをかえして先に立った。その口もとは笑っているが、ぽろんと涙をこぼしたのを、子どもたちが見のがすわけはない。

「先生が、泣きよる。」

「よろずやのばあやんが、泣かしたんど。」

そんなささやきがきこえて、あとはひっそりかえって、泣いてなんかいないよう、と笑ってみせようかと思ったとたん、ふたたび涙がこぼれそうになったので、だまった。このさい笑うのはよくないとも思った。さっき笑ったのも、よろずやのおかみさんがいうように、人の災難を笑ったというよりも、ほんとうのところは、マスノの身ぶりがおかしく、それにつづいて、押入れの連想は、一学期のある日の、仁太を思いだして笑わせたのであった。

「天皇陛下はどこにいらっしゃいますか？」

ハイ ハイ と手があがったなかで、めずらしく仁太がさされ、

「はい、仁太くん。」

仁太はからだじゅうからしぼり出すような、れいの大声で、

「天皇陛下は、押入れの中におります。」

あんまりきばつな答えに、先生は涙を出して笑った。先生だけでなく、ほかの生徒も笑ったのだ。笑いは教室をゆるがし、学校のそとまでひびいていったほどだっ

た。東京、宮城、などという声がきこえても、仁太はがてんのゆかぬ顔をしていた。
「どうして、押入れに天皇陛下がいるの?」
笑いがやまってからきくと、仁太は少々自信をなくした声で、
「学校の、押入れん中にかくしてあるんじゃないんかいや。」
それでわかった。仁太がいうのは天皇陛下の写真だったのだ。奉安殿のなかった学校では、天皇陛下の写真は押入れにかぎをかけてしまってあったのだ。

　仁太の家の押入れの壁が落ちたことは、それを思いだささせたのであった。若い女先生は、思いだすたびに笑わずにいられなかったのであるが、そんな言いわけをよろずやのおかみさんに聞いてももらえず、だまって歩いた。涙がこぼれている今でさえ、その話はおかしい。しかしそのおかしさを、よろずやのおかみさんのことばは、差し引きしてつりをとったのである。浜にでて歌でもうたわぬことには、先生も生徒も気持のやりばがなかった。浜におりると先生はすぐ、両手をタクトにして、歌いだした。

　　はるははよからかわべのあしに

「あわて床屋」である。みんながとりまいて、ついて歌う。

　かにが　みせだし　とこやでござる
　チョッキン　チョッキン　チョッキンナ

歌っているうちに、みんなの気持は、いつのまにか晴れてきていた。

　うさぎゃおこるし　かにゃはじょかくし
　しかたなくなく　あなへとにげる

おしまいまで歌っているうちに、失敗した蟹のあわてぶりが、じぶんたちの仲間ができたようなおもしろさで思いだされ、心から笑っている先生だった。「このみち」だの「ちんちん千鳥」だの、一学期中におぼえた歌をみんな歌い、「お山の大将」でひとやすみになると、生徒たちはてんでに走りまわり、おとなしく先生をとりまいているのは一年生の五六人だけだった。手入れなどめったにしない乱れた髪の毛を、うしろでだんごにしている女の子もいるし、いがぐりが耳の上までのびほうだいの男の子もあった。床屋のない村では学校のバリカンがひどく役

に立ち、それは男先生のうけもちだった。髪の毛をだんごにしている女の子のほうは、女先生が気をくばって、水銀軟膏をぬりこんでやらねばならない。さっそく、明日はそれをやろうと思いながら先生は立ちあがり、
「さ、今日はこれでおしまい、帰りましょう。」
はたはたとスカートの膝をはらい、一足うしろにさがったとたん、きゃあっと悲鳴をあげてたおれた。落とし穴に落ちこんだのだ。いっしょに悲鳴をあげたもの、げらげら笑いながら近よってくるもの、手をたたいてよろこぶもの、おどろいて声をのんでいるもの、そのさわぎのなかから、先生はなかなか立ちあがろうとしなかった。横なりに、くの字にねたまま、砂の上に髪の毛をじかにくっつけている。笑ったものも、手をたたいたものも、だまりこんでしまった。異様なものを感じたのだ。つぶった両の目から涙が流れているのを見ると、山石早苗が急に泣きだした。その泣き声にはげまされでもしたように「だいじょうぶ。」といいながらやっと半身をおこした先生は、そうっと穴の中の足を動かし、こわいものにさわるようなようすで、靴のボタンをはずし右の足くびにふれたと思うと、そのままた横になってしまった。もう起きあがろうとはしない。やがて、目をつぶったまま、
「だれか、男先生、よんできて。おなご先生が足の骨折って、歩かれんで。」
蜂の巣をつついたような大さわぎになった。大きな子供たちがどたばたかけだし

ていったあとで、女の子はわあわあ泣きだした。まるで半鐘でも鳴りだしたように、村中の人がとびだして、みんなそこへかけつけてきた。まっさきにきた竹一の父親は、うつむいてねている女先生に近よって、砂の上にひざをつき、
「どうしました、先生。」
と、のぞきこんだ。しかし、先生は顔をしかめたまま、ものがいえないらしい。子どもたちからきかされて、足のけががだとわかると、少し安心したようす、
「くじいたんでしょう。どれどれ。」
足もとの方にまわり、靴をぬがせにかかると、先生は、うっと声を出してますます顔をしかめた。靴のあとをくっきりとつけて、先生の足くびは、二倍もの太さになったかと思うほどはれていた。血は出ていなかった。
「冷やすと、よかろうがな。」
もう大ぜい集まってきている人たちにいうと、徳田吉次のお父っぁんが、いそいでよごれた腰の手ぬぐいを潮水にぬらしてきた。
「いたんですかい、ひどく？」
かけつけた男先生にきかれて、女先生はだまってうなずいた。
「歩けそうにないですかい？」
また、うなずいた。

「一ぺん、立ってみたら？」

だまっている。西口ミサ子の家からミサ子の母親が、うどんこと卵をねったはり薬を布にのばしてもってきた。

「骨は、折れとらんと思いますが、早く医者にかかるか、もみりょうじしたほうがよろしいで。」

「もみ医者なら中町の草加がよかろう。骨つぎもするし。」

「草加より、橋本外科のほうが、そりゃあよかろう。」

もみ医者ならいろんなことをいったが、なにをどうするにも岬の村では外科の医者も、もみりょうじもなかった。たった一つはっきりしていることは、どうしても先生は歩けないということだった。あれこれ相談のけっか、舟で中町までつれてゆくことになった。漁師の森岡正の家の舟で、加部小ツルのお父さんと竹一の兄がこいでゆくことに話がきまった。男先生はついてゆくことになり、女先生をおんぶして舟にのった。坐らせたり、おぶったり、ねかせたりするたびに、女先生のがまんした口から思わずうなり声が出た。

舟が渚をはなれだすと、わあっと、女の子の泣き声がかたまってとんできた。

「せんせえ。」

「おなごせんせえ。」

声をかぎりにさけぶものもいる。だまってその声におくられた。

「せんせえ。」

声はしだいに遠ざかり、舟は入り海のまん中に出た。先生は今、痛さをこらえながら、かえってゆく。

小石先生は身動きもできず、目をつぶったまま、朝、魔法の橋をかけた海を、

三　米五ン合豆一升

十日すぎても、半月たっても女先生は姿を見せなかった。職員室の外の壁にもたせてある自転車にほこりがたまり、子どもたちはそれをとりまいて、しょんぼりしていた。もう小石先生はこないのではないかと考えるものもあった。本校がよいの生徒にしてもそうだ。先生の自転車がどれほど毎日のはげみになっていたか、めいめいが、長い道中どれほど小石先生の姿をまっていたか、小石先生にあわなくなってから、そう思った。村の人にしても同じだった。だれがどうというのではなく、不当につらくあたっていたことを、ひそかに悔いているようだった。なぜなら、小石先生の評判がきゅうによくなったのだ。

「あの先生ほど、はじめから子どもにうけた先生は、これまでになかったろうな。」

「早うなおってもらわんと、こまる。岬の子どもが、先生をちんばにして、てなことになると、こまるもん。あとへ来手がなかったりすると、なおっても、」
「ちんばになんぞ、ならにゃえいがなァ。若い身空で、ちんばじゃ、なおっても、かようにこまるじゃろな。」
こんなふうに女先生の噂をした。どうしてもももういちど岬の学校へきてもらいたい気持がふくまれていた。きてもらわないと、ほんとに困るのだ。直接に、もっとも困ったのは男先生だった。小さな村の小学校では、唱歌は一週一度だった。その一時間を、男先生はもてあましたのだ。女先生が休みだしてから、はじめのうちは、ならった歌を合唱させたり、じょうずらしい子どもに独唱させたりした。そうしてひと月ほどはすんだが、いつまでもごまかすわけにもゆかず、そこで男先生はとうとうオルガンのけいこをはじめ、そのために汗を流した。先生は声をあげて歌うのである。

　　　ヒヒヒフミミミ　イイイムイ――
　　　ドドドレミミ　ソソソラソ――

フミミミ――という。それは昔、男先生が小学校のときにならったものであった。

ミミミミフフフ　ヒヒフミヒ――

　唱歌は土曜日の三時間目ときまっている。うれしくたのしく歌ってわかれて、日曜日をむかえるという寸法の時間割であったのが、子どもにとって先生にとっても、きゅうにおもしろくない土曜日の三時間目になってしまった。男先生にとっては、なおのことである。木曜日ごろになると、もう男先生は土曜日の三時間目が気になりだし、そのために、きゅうに気短かになって、ちょっとのことで生徒にあたりちらした。わき見をしたといっては叱りつけ、わすれものをしてきた生徒をうしろに立たせた。

「男先生、このごろ、おこりばっかりするようになったな。」
「すかんようになったな。どうしたんじゃろな。」
　子どもたちがふしぎがるそのわけを、一ばんよく知っている男先生の奥さんは、ひそかに心配して、それとなく男先生を助けようとした。金曜日の夜になると、奥さんは内職の麦稈真田をやめてオルガンのそばに立ち、先生をはげました。
「わたしが生徒になりますわ。」
「うん、なってくれ。」

豆ランプがちろちろゆらぎながら、オルガンと、二人の年より夫婦の姿をてらしているところは、もしも女の子がこれを見たら、ふるえあがりそうな光景である。やみと光りの交錯のなかで先生と奥さんは歌いかわしていた。

ヒヒヒフ　ミミミ　イイイムイ

奥さんだけが歌い、それにオルガンの調子があうまでにはだいぶ夜もふけた。村はもう一軒のこらず寝しずまっていることで、かえって気がねでもしているように、奥さんは豆ランプを消してから足さぐりで部屋にもどりながら、ほうっとためいきをし、ひそやかに話しかけた。
「おなご先生も、えらい苦労かけますな。」
「うん。しかし、むこうにすりゃあ、もっと苦労じゃろうて。」
「そうですとも、あんたのオルガンどころじゃありませんわ。足一本折られたんですもん。」
「もしかしたら、大石先生はもう、もどってこんかもしれんぞ。先生よりも、あの母親のほうが、えらいけんまくだったもんな。かけがえのない娘ですさかい、二度とふたたび、そんな性わるの村へは、もうやりとうありません、いうてな。」

「そうでしょうな。しかし、こられんならこられんで、代りの先生がきてくれんと困りますな。」

人にきかれたら困るとでもいうようにないしょ声でいって、うらめしそうに、ちらりと海のむこうを見た。一本松の村も静かにねむっているらしく、星くずのような遠い灯がかすかにまたたいている。こんな夜ふけに、こんな苦労をしているのはじぶんたちだけだと思うと、女先生がうらめしかった。

あれ以来、奥さんもまたひと役かって、四年生五人の裁縫をうけもっていたのだ。しかし、雑巾さしの裁縫はちっとも苦労ではなかった。まるで手まりでもかがるように、ていねいにさすのを、一時間のあいだ、かわるがわるにみてやればそれですむ。だが、唱歌だけは、なんとしてもオルガンがむつかしい。オルガンは、裁縫するようには手が動かないからだ。それを一生けんめい、ひきこなそうとする男先生の勉強ぶりは、奥さんにとっては、神々しいようでさえあった。十月だというのに、男先生は、たらたら汗を流していた。外へきこえるのをはばかって、教室の窓はいつもしめてあったから、汗はよけい流れた。

先生ならばオルガンぐらいひけるのがあたりまえなのだが、なにしろ、小学校を出たきり、努力ひとつで教師になった男先生としては、なによりもオルガンがにが手であった。田舎のこととて、どこの学校にも音楽専任の先生はいなかった。どの

先生もじぶんの受けもちの生徒に、体操も唱歌も教えねばならない。そんなこともいやで、じぶんからたのんで、こんなへんぴな岬へきたのであったのに、今になってオルガンの前で汗を流すなど、オルガンをたたきつけたいほど腹が立った。
　しかし、今夜はそうではなかった。奥さんひとりの生徒にしろ、ひき手と歌い手の調子が合うところまでいったのだ。そんなわけで、男先生のほうは、わりとごきげんだった。そこで奥さんにむかって、少し鼻をたかくした。
「おれだって、ひく気になればオルガンぐらい、すぐひけるんだよ。」
　奥さんもすなおにうなずいた。
「そうですとも、そうですとも。」
　大石先生が休みだしてから、明日は六回目ぐらいの唱歌の時間になる。男先生にとっては、明日の唱歌の時間がたのしみにさえなってきた。
「きっと生徒が、びっくりするぞ。」
「そうですね。男先生もオルガンがひけると思うて、見なおすでしょうね。」
「そうだよ。ひとつ、しゃんとした歌を教えるのも必要だからな。大石先生ときたら、あほらしもない歌ばっかり教えとるからな。『ちんちんちどり』、だことの、『ちょっきんちょっきんちょっきんな』、だことの、まるで盆おどりの歌みたよな柔い歌ばっかりではないか。」

「それでも、子どもはよろこんどりますわ。」
「ふん。しかし女の子ならそれもよかろうが、男の子にはふさわしからぬ歌だな。こころでひとつ、わしが、大和魂をふるいおこすような歌を教えるのも必要だろ。生徒は女ばっかりでないんだからな。」
奥さんの前で胸をはるようにして、ことのついでのように、今のさっきまで二人でけいこをした唱歌を歌った。
「ちんびきのいわは、おんもからずゥ——。」
「しっ、人がきいたら、気ちがいとおもう。」
奥さんはびっくりして手をふった。

そして、いよいよあくる日、唱歌の時間がきても、生徒はのろのろと教室にはいった。どうせ、今日もまた、オルガンなしに歌わされるのだと思って、はこぶ足もかるくなかったのだろう。小石先生だと、土曜日の二時間目が終ると、そのままひとり教室にのこって、オルガンを鳴らしていたし、三時間目の板木が鳴るとともに行進曲にかわり、みんなの足どりをひとりでに浮き立たせて、しぜんに教室へみちびいていた。どんなにそれがたのしかったことか、みんな、心のどこかにそれを知っていた。口ではいえない、それはうれしさであった。だから、小石先生がこなくなった今、口ではいえないものたりなさが、みんなの心のどっかにあった。それを、

気づくというほどでなく、みんなは気づいていたのだ。
「先生は聞き役しとるから、みんなすきな歌うたえ。」
オルガンなど見向きもせずに、男先生はそういうのだ。オルガンが鳴らぬと歌はすぐには出てこなかった。歌えといわれても、オルガンが鳴った。みんなの顔に、おや？　といういろが見えた。いつも女先生がしていたように、右側には楽譜が、左側には今日ならう歌が立てがきに書かれていた。

ところが、今日は少しちがう。教室にはいると男先生はもう、オルガンの前にちゃんと腰かけてまっていた。女先生とは少し調子がちがうが、ブブーと、おじぎのあいずも鳴った。

千引の岩千引の岩は重からず
国家につくす義は重し
事あるその日、敵あるその日
ふりくる矢だまのただ中を
おかしてすすみて国のため

つくせや男児の本分を、赤心を

漢字には全部ふりがながうってある。男先生はオルガンの前から教壇にきて、いつもの授業のときのように、ひっちく竹の棒の先で、一語一語を指ししめしながら、この歌の意味を説明しはじめた。まるで修身の時間のようだった。いくらくりかえして、この歌の深い意味をとき聞かしても、のみこめる子どもは幾人もいなかった。一年生がまっさきに、二年生がつづいて、がやがや　がやがや。三年生と四年生の中にも、こそこそ　ささやき声がおこった。と、とつぜん、ぴしっ！とひっちく竹が鳴った。教壇の上の机をはげしくたたいたのである。男先生はきびしく、しかし一種のやさしさをこめて、わめきはやみ、鳩のような目がいっせいに男先生の顔を見つめた。

「大石先生は、まだとうぶん学校へ出られんちゅうことだから、これから、男先生が唱歌もおしえる。よくおぼえるように。」

そういったかと思うと、オルガンのほうへゆき、うつむきこんでしまった。まるでそれは恥ずかしがってでもいるようにみえた。しかもその姿勢で男先生は歌いだしたのである。

「ヒヒヒフミミミ　イイイイムイ　はいッ。」

生徒たちはきゅうに笑いだしてしまった。ドレミハを、男先生は昔流に歌ったのである。しかし、いくら笑われても、今さらドレミハにして歌う自信が男先生にはなかった。そこでとうとう、ヒフミヨイムナヒ（ドレミハの音階）からはじめて、男先生流に教えた。そうなるとなったで、生徒たちはすっかりよろこんだ。
——ミミミミフフフ　ヒヒミヒー　フーフフヒミイ　イイイイムイミ……
これでは、まるで気ちがいが笑ったり怒ったりしているようだ。たちまちおぼえてしまって、その日から大はやりになってしまった。だれひとり、その勇壮活発な歌詞をうたって男先生の意図に添おうとするものはなく、イイイイムイミーと歌うのだった。

それからまた、何度目かの土曜日、やっぱり「千引の岩」をうたわされての帰り道であった。一年生の香川マスノは、ませた口ぶりで、いっしょに歩いていた山石早苗にささやいた。
「男先生の唱歌、ほんすかん。やっぱりおなご先生の歌のほうがすきじゃ。」
そういってからすぐ、女先生におそわったのを歌い出した。

　　やまの　かーらーすぅが　もってェきぃたァ——

早苗も、小ツルもいっしょにつづけてうたった。

あかい　ちいさーな　じょうぶくろ……

お昼きりの一年生の女の子ばかりがかたまっていた。

「おなご先生、いつんなったら、くるんじゃろなあ。」

マスノの目が一本松のほうへむくと、それにさそわれてみんなの目が一本松の村へそそがれた。

「おなご先生の顔、見たいな。」

「おなご先生の顔、みたいな。」

そういったのは小ッやんの加部小ツルである。通りかかったソンキの岡田磯吉と、キッチンの徳田吉次が仲間にはいってきて、口まねで、

いつしか、それは実感になってしまったらしく、立ちどまっていっしょに一本松のほうを見た。

「おなご先生、入院しとるんど。」

ソンキが聞いたことを聞いたとおりにいうと、小ッやんが横どりして、

「入院したのは、はじめのことじゃ。もう退院したんど。うちのお父つぁん、昨日(きのう)

道で先生に会うたいよったもん。」

それで小ツルは、だれよりもさきに顔が見たいと思いついたらしい。チリリンヤの彼女の父親は、船と陸と両方の便利屋だった。昨日は大八車をひいて町までいったのである。すくなくも一日おきぐらいに、入り江をとりまく町や村をでいりしたしてぐるぐるまわってくるチリリンヤは、船や車にいろんな噂話もいっしょに積みこんでもどってきた。大石先生のけががアキレス腱がきれたということも、二三か月はよく歩けまいということも、それらはみんな、腰に鈴をつけて歩きまわっているチリリンヤが聞いてきたものだった。

「そんなら、もうすぐに、先生くるかしらん。早うくるとええけんどな。」

早苗が目をかがやかすと、小ツルはまたそれを横どりして、

「こられるもんか。まだ足が立たんのに。」

そして小ツルは、少し調子にのって、

「おなご先生ん家へ、いってみるか、みんなで。」

いっておいて、ぐるっと、ひとりひとりの顔を見まわした。竹一も、タンコの森岡正も、仁太もいつのまにか仲間入りしていた。しかし、だれひとり、すぐには小ツルの思いつきにさんせいするものはなかった。ただだまって一本松のほうを見ているのは、そこまでの距離が、自分たちの計算では見当がつかなかったからだ。片

道八キロ、大人のことばで二里という道のりは、一年生の足の経験でははかりしれなかった。とほうもない遠さであり、海の上からは一瞬で見わたす近さでもある。

ただ氏神さまより遠いということは、少しとわかった。彼らはまだ、だれひとり一本松まで歩いていったものがないのだ。その途中にある本村の氏神さまへは、毎年の祭に、歩いたり、船にのったりしてゆくのだが、そこから先がどのくらいなのか、だれも知らない。たったひとり仁太が、ついこないだ一本松へいったということがある。しかしそれは、氏神さまの下からバスにのって、一本松のそばを通ったというだけのことだった。それでもみんなは、仁太をとりまいた。

「仁太、氏神さまから一本松まで、何時間ぐらいかかった？」

すると仁太は、得意になって、あおばなをすすりもせずに、

「氏神さまからなら、すぐじゃった。バスがな、ぶぶうってラッパ鳴らしよって、一本松のとこ突っ走ったもん。まんじゅう一つ食うてしまわんうちじゃったど。」

「うそつけえ、まんじゅう一つなら、一分間でくえらァ。」

竹一がそういうと、川本松江が西口ミサ子に、「なぁ」と同意をもとめながら、

「なんぼバスが早うても、一分間のはずがないわ、なァ。」

みんなの反対にあうと、仁太はむきになり、

「そやってぼく、氏神さまのとこで食いかけたまんじゅうが、バスをおりてもまだ、

「ちゃんと手に持っとったもん。」
「ほんまか?」
「ほんまじゃ。」
「よし、ゆびきりじゃ、こい。」
「ゆびきりゆびきり……。」

それで、みんなは安心をした。仁太が生まれてはじめてのったバスのめずらしさに、まんじゅうを食べるのも忘れて、運転手の手もとを見ていたなど、だれも考えなかった。ただ、ともかくも仁太だけがバスにのったことと、この二つからわり町でおりるまで、まんじゅう一つを食べるがなかったことと、この二つからわりだして、氏神さまから一本松までの遠さを、たいしたことではないと思った。たとえ自転車にのってとはいえ、あんなに朝早く、一本松からかよっていたではないか。と、そんなことも遠さとしてより、近さとしてみんなの頭に浮かんだらしい。そんな気持の動いているときに、対岸の海ぞい道にバスが走っているのが見えたからたまらない。小さく小さくみえるバスは、まったく、あっというどのまに走って林の中へ姿を消した。

「ああ、行きた!」
マスノがとんきょうに叫んだ。なんということなく男の子にさえ力をもっている

マスノの一声である。
「いこうや。」
「うん、いこうや。」
「そうじゃ、そうじゃ。」
正と竹一がさんせいした。
小ツルと松江がとびとびして勇みたった。早苗はもちまえの無口からであったが、コトヱのほうは複雑な顔をしていた。家のことを思いだしていたのであろう。
「コトやん、いかんの?」
小ツルがとがめだてるようにいうと、コトやんはますます不安な表情になり、
「祖母に、問うてから。」
その小さな声には自信がなかった。一年生のコトヱをかしらに五人きょうだいの彼女は、背中にいつも子どものいないことがなかった。家へ帰って相談すれば、とてもゆるされる見こみはなかった。そしてまた、それは早苗や松江や小ツルも同じであった。数え年五つぐらいから彼女は子守り役を引きうけさせられていたのだ。

みんな、しゅんとして顔を見あった。数え年十歳になるまでは遊んでもよいという

のが、昔からの子どもの掟のようになっていたが、それはほんとうに自由に遊ぶのではなく、いつも弟や妹をつれたり、赤ん坊をおんぶしてのうえでのことだった。ほんとに、すき勝手に遊んでよいのはひとりッ子のマスノとミサ子だけだ。

コトエの一言はみんなにそれを思いださせたが、しかし、思いとどまることはできない空気だった。

「めし食べたら、そうっとぬけだしてこうや。」

小ツルが、乗りかかった船だとでもいうように、みんなをけしかけた。

「そうじゃ、みんなうちの人にいうたら、行かしてくれんかもしれん。だまってこうや。」

竹一が知恵をめぐらしてそう決断した。こうなるともう、だれひとり反対するものはなく、秘密で出かけることがかえってみんなをうきうきさせた。

「そうっとぬけだしてな、波止の上ぐらいからいっしょになろう。」

正がそういうと、総帥格のマスノはいっそうこまかく頭をつかい、

「波止の上は、よろずやのばあやんに見つかるとうるさいから、藪のとこぐらいにしようや。」

「それがえい。みんな、畑の道とおってぬけていこう。」

めいめい、きゅうにいそがしくなった。

「ほんまに、走っていって、走ってもどらんかな。」

念をおしたのはコトエである。みんなが走って帰ってゆくあとから、コトエは考え考え歩いた。どう考えても、だまってぬけだす工夫はないように思えた。じぶんだけはやめようか。しかしそれはできない。そんなことをしたら、明日からだれも遊んでくれないかもしれぬと思った。のけものになるのはいやだ。だまってぬけだせたとしても、あとでおばんやお母さんに叱られるのもいやだ。

赤んぼなんぞ、なければよかった。

そう思うと、いつもはかわいい赤ん坊のタケシの顔がにくらしくなり、一日ぐらい、ほったらかしたくなった。彼女の足はきゅうにあともどりをし、畑のほうへ歩いていった。藪が見えだすと走った。だれかに見つかりそうで、どきどきした。

二時間後のことである。子どもについてまっさきに心配しだしたのはコトエのおばんであった。

「腹もへろうのに、なにこそしよるやら。」

はじめはひとり言をいった。もどればタケシをコトエの背中にくくりつけておいて、おばんは畑へ二番ささげをつみにゆく手はずになっているのに、コトエは帰ら

ないのだ。学校へ見にいったところで、今ごろいるはずもないと思い、赤ん坊と結いひもをもって、いちばん仲よしの早苗のところへのぞきにいった。てっきりそこで遊びほうけているのだと思ったのだ。
「こんにちは。うちのコトは、きとらんかいの？」
　もちろんいるわけがない。それどころか早苗もまだ帰らないというのだ。帰りに荒神さまをのぞいてみたが、杉の木かげに遊んでいたのはコトエより少し大きい子や、小さい子ばかりだった。だれにともなく大声で、
「おまえら、うちのコト、知らんかいの？」
「しらんで。」
「一ぺんも、今日は見んで。」
「早苗さん家とちがうか。」
　いろんな返事が矢つぎ早にとんできた。それはみな腹の立つ返事ばかりだった。
「しょうのないやつじゃ、ほんまに。見つけたら、すぐもどれいよったと、いうておくれ。」
　おばんは、ひょいと投げるようにして赤ん坊を背中にやり、まだわかりもしない赤ん坊に話しかけた。
「姉やんは、どこへうせやがったんじゃろな。コトのやつめ、もどってきたら、ど

やしつけてやらんとならん。」
 しかし、昼飯もまだなのを思うと、少し心配になった。心配しいしい土間でぞうりを作っていると、川本大工のおかみさんが、気ぜわしそうな足どりでやってきた。
「こんちは、えいお天気で。うちのマツをみにきたんじゃけんど、見えんなあ。」
 それを聞くと、コトエのおばんはぞうり作りの手をおいて、
「マッちゃんもかいな。昼飯も食べんと、どこをほっつき歩きよんのかしらん。」
「うちのマツは昼飯はたべにもどったがいな。箸おいて、用ありげに立っていって、すぐもどるかと思や、もどってきやせん。」
 コトエのおばんはきゅうに心配になってきた。
「無理もない。あそびたいさかりじゃもん。毎日子守りばっかりさせてくるばかりだった。出たり入ったり、立ったり坐ったり、おちつかなかった。もうぞうりどころでなかった。大工のおかみさんが、さがしてくるといって帰ったあとも、心配はだんだんひろがっていって、謀反をおこしたかろう……
 ぽとんと涙が落ちた。その涙でかすんだ目に、小さいときから子守りばかりさせられためか、出っ尻になってしまった幼いコトエのかわいそうな姿が浮かんできて消えなかった。
 ――それにしても、どこで、なにをしているのかしらん。今日は若いもんまでが

おそいなあ……外に出て沖をながめた。鯵漁に出ているコトヱの両親たちの帰りまでが、今日はとくべつおそいように、おばんには思えた。
「まだ、もどってこんかえ。」
大工のおかみさんの三度目の声がかかるまでに、小ツルの姉と、早苗と、富士子の母親とが、めいめいの家の娘をあんじてみにきた。まもなく一年生の弟の全部が、いないとわかり、やがて本校帰りの生徒のひとりが、八幡堂という文房具屋のそばでみんなを見かけたというのをきいて、やっと心配は半分になった。それだけに噂は村中にひろがり、てんでにかってなことをいいあった。
「芝居がきたというから、行ったんじゃないかな。」
「銭もないのに、どうして。」
「のぼりやかんばんでも、口あけて見よるかもしれん。」
「子どもっちゃ、ものずきなことやの。」
一年生の家の者も今は半分笑顔で話しあった。
「いんま、腹へらして、もどってくるわいの。」
「どんな顔して、もどってくるかしらん。阿呆くらいが。」
「もどったら、おこったもんかいの、おこらんほうがよかろうか。」

「ほめるわけにゃ、いくまいがのう。」

こんなのんきそうなことがいえたのも、迎えに出むいた安心からであった。それにしても、ソンキの兄や、仁太や富士子の父親たちが迎えに出むいたとは、なんとしたうかつさだったろう。

三人の出迎え人は、本村にさしかかると、これはと思う人に行きあうたびにたずねた。

「ちょっとおたずねですがな、お昼すぎごろに、七、八つぐらいの子どもらが十人ほど通ったのを、見ませなんだかいな。」

同じことを何べんくりかえしたろう。

そこで、子どもたちはどうしていたろう。

藪の上へまっさきについたのは、いうまでもなくコトエだった。コトエはそこで、草むらに学校の包みをかくして、みんなをまった。吉次とソンキが先をあらそうに走ってきた。つづいて竹一と正と。いちばんおくれてきたのは富士子と仁太であった。仁太は用心ぶかく、シャツやズボンの四つのポケットを、そら豆の煎ったのでふくらましていた。家にあっただけみんな持ってきたのだという。それを気前よくみんなに少しずつ分けてやりながら、いちばんうれしそうな顔をしていた。ぽ

りぽりいり豆をかみながら一行は出発した。
「おなご先生、びっくりするど。」
「おう、よろこぶど。」
コトエひとりは先頭に立ってみんなをふりかえった。走っていって走って帰るはずなのに、だれもかれものんびり歩いていると思った。行けばわかるのに、みんな口ぐちに女先生のことばかりいっている。
「おなご先生、ちんばひいて歩くんど。」
「おなご先生の足、まだ痛いんかしらん。」
「そりゃ痛いから、ちんばひくんじゃないか。」
するとソンキは、ちょこちょこと前にすすみ、
「な、みんな。アキレスはここじゃど。この太い筋が、切れたんど。」
じぶんのアキレス腱のあたりをさすってみせ、
「こんなとこがきれたんじゃもん、痛うのうて。」
ようやくみんなの足は早くなっていった。子どもたちだけでこの道を歩くのは、はじめてだった。山ひだを一つすぎるごとに新らしい眺めがあらわれて、あきなかった。岬を横ぎり、入り海ぞいの道にかかると、一本松の村はななめうしろに遠のく。それだけ近くなっているのが、うそのような気がして心細くなったが、だれも

口には出さない。やがて、はるかかなたに本校がえりの生徒のかたまりがみえた。

みんな、はっとして顔を見あわせた。

「かくれ、かくれ。大いそぎで。」

マスノの一声は、あとの十一人を猿のようにすばしこくさせ、萱山の中へ走りこませた。がさがさと音がして萱がゆれた。

「じっとして！ 音さしたらいかん。」

マスノがうすいくちびるをそらして、少しつった切れ長の目にものをいわせると、竹一や正までが声もからだもひそめてしまった。みんなの背の倍もありそうな笹萱の山は、十二人の子どもをかくしてさやさやと鳴った。しかし気づかれずに大きな生徒たちをやりすごせたのは、じつにマスノの機転であった。彼女ににらまれると、みんなは猫のようにおとなしくなるのだ。

岬の道を出て、いよいよ本村にはいるころから、みんなはしぜんと小声にしゃべっていた。一本松の村までには幾つかの町や村の、たくさんの部落があった。大小のその村むらをすぎては迎え、すぎてはまた迎え、あきるほどそれをくりかえしても、一本松はなかなか近づかなかった。岬の村からみれば、あんなに近かった一本松、目の前に見えていた一本松、それが今は姿さえも見せない。八キロ、大人のいう二里の遠さを足の裏から感じだして、だんだんだまりこんでいった。行きあう人の顔

も、見おぼえがなかった。まるで遠い国へきたような心細さが、みんなの胸の中にだんだん、重石のようにしずんでゆく。
　もう一つ、はなをまわればあかぬ仁太にきくことも、もうあきらめてしまって、ただ前へ前へとひと足でも進むよりほかなかった。竹一とミサ子はまっさきにぞうりをきらし、きれぬ片方をミサ子にやって、竹一ははだしになっていた。古次も正もあやしかった。だれも一銭ももっていないのだ。ぞうりは買えるわけがない。はだしで帰らねばならないだろうことは、歩いてきた道の遠さと考えあわせて、ぞうりのきれかけたものの気持はよけいみじめだった。
　とつぜん、コトエが泣きだしてしまった。昼めしぬきの彼女は、つかれかたもまたはやかったろうし、がまんできなくなったのだろう。道ばたにしゃがんで、ええええン　と声を出して泣いた。すると、ミサ子と富士子がさそわれて、しくしくやりだした。みんなは立ちどまって、ぽかんとした顔で泣いている三人を見ていた。じぶんたちも泣きたいほどなのだ。もう帰ろうや、元気づけてやることばなど、出てこなかった。きびすをかえせばよいのだ。とだれかがいえばよいのだ。しかしだれも、それさえいいだす力がなかった。マスノや小ツルさえ、困惑の色を浮かべていた。彼女たちにしても、泣きだしたかったのだ。しかし泣けなかった。いっ

そ、みんなで泣きだせば、どこからか救いの手がさしのべられるだろうが、それにも気がつかなかった。

初秋の空は晴れわたって、午後の陽ざしはこの幼い一団を、白くかわいた道のまん中に、異様さをみせてうしろから照らしていた。家へ帰りたい気持はしぜんにあらわれて、知らずしらず歩いてきた道のほうを向いて立っていたのである。その前方から、警笛とともに、銀色の乗合バスが走ってきた。瞬間、十二人は一つの気持にむすばれ、せまい道ばたの草むらの中に一列によけてバスを見まもっていた。もうもうと、煙のように白いももう泣いてはいず、一心にバスを見まもっていた。もうもうと、煙のように白い砂ぼこりをたてて、バスは目の前を通りすぎようとした。と、その窓から、思いがけぬ顔がみえ、

「あら、あら!」
といったと思うと、バスは走りぬけた。
わあッ!
思わず道へとびだすと、歓声(かんせい)をあげながらバスのあとを追って走った。新らしい力がどこからわいたのか、みんなの足は早かった。
「せんせえ。」
「おなごせんせえ。」

途中でバスがとまり、女先生をおろすとまた走っていった。みんなをまっていた先生は、そばまでくるのをまたずに、大きな声でいった。
「どうしたの、いったい。」
走りよってその手にすがりつきもならず、なつかしさと、一種のおそろしさに、そばまでゆけず立ちどまったものもあった。
「先生の、顔みにきたん。遠かったあ。」
仁太が口火をきったので、それでみんなも口ぐちにいいだした。
「みんなでやくそくして、だまってきたん、なあ。」
「一本松が、なかなか来んので、コトやんが泣きだしたところじゃった。」
「せんせ、一本松、どこ？　まだまだ？」
「足まだ痛いん？」
笑っている先生の頰を涙がとめどなく流れていた。なんのことはない、一本松も先生の家も、すぐそこだとわかると、また歓声があがった。
「ほたって、一本松、なかなかじゃったもんなあ。」
「もう去のうかと思たぐらい遠かったな。」
松葉杖をとりまいて歩きながら先生の家へゆくと、先生のお母さんもすっかりおどろいて、きゅうにてんてこまいになった。かまどの下をたきつけるやら、何度も

外に走りだすやら。そうして一時間ほど子どもたちは先生の家にいただろうか。そのあいだにキツネうどんをごちそうになり、おかわりまでするものもいた。先生はよろこんで、記念の写真をとろうといい、近所の写真屋さんをたのんで、一本松まで出かけた。

「もっと、みんなの顔みていたいけど、もうすぐ日がくれるからね。うちの人、心配してるわよ。」

帰りたがらぬ子どもらをなだめて、やっと船にのせたのは四時をすぎていた。短かい秋の日はかたむいて、岬の村は、何ごともなかったかのように、夕ぐれの色の中に包まれようとしていた。

「さよならア。」
「さよならア。」

松葉杖で浜に立って見おくっている先生に、船の上からはたえまなく声がかかった。

三人の大人たちが町から村をさがしまわっているとき、十二人の子どもは、思いがけぬ道を通って村へもどった。

わあい！
やあい！

時ならぬ沖合（おきあい）からの叫（さけ）びに、岬（みさき）の村の人たちは、どぎもをぬかれたのである。叱（しか）

ってはみても、けっきょくは大笑いになって、大石先生の人気はあがった。

その翌々日、チリリンヤの大八車には、めずらしい荷物が積みこまれた。あんまりこまかいので、チリリンヤはそれをリンゴの空箱にまとめて村を出ていった。道みち、いろんな用たしをしながら一本松までくると、リンゴの箱をそのままかついで歩きだした。腰の鈴がリリンリリンと、足をかわすごとに鳴りつづり、リッと鳴りやんだのが、大石先生の家の縁先である。チリリンヤのリンの音は、どこかから、なにかが届けられるときのあいさつである。いいわけは、あまり必要でなかった。

「はーい。米五ン合の豆一升。こいつは軽いぞ煮干かな。ほい、もう一つ米一升の豆五ン合——。」

小さな袋を幾つもとりだして縁側の板の間に積みかさねた。袋には名前が書いてある。それはみな、義理がたい岬の村から、大石先生への見舞いの米や豆だった。

四 わかれ

写真ができてきた。一本松を背景にして、松葉杖によりかかった先生を十二人の子どもたちが、立ったり、しゃがんだりしてとりまいている。磯吉、竹一、松江、

ミサ子、マスノ、順々に見ていって仁太のところへくると、思わずふきだした。あんまり仁太がきばりすぎているからだった。つめている呼吸が、いまにも、うううともれて、うなりだしそうにかたくなっている。気をつけのその姿勢は、だれが見たって笑わずにいられるものではなかった。マスノとミサ子のほかは、生まれてはじめて写真をとったということで、だいたい、みんなかたくなっている。そのなかで仁太と吉次はとくべつであった。仁太とは反対に、身をすくめ、顔をそむけ、おまけに目をつぶっている吉次は、ふだんの小気さをそのまま映しだされているようで、かわいそうにさえ思えた。

かわいそうにキッチン、こわかったんだろう、写真機の中から、なにがとびだすかと思ったんだろう……

ひとり写真をながめて笑っているところへ、本校の校長先生がきた。その声をきくと、こんどは大石先生のほうが、思わず気をつけのように玄関に出ていった。松葉杖ははなれていたが、まだまだびっこの歩きぶりを見ると、ちょっと眉をよせ、気のどくがった顔で見ていた。

「ひどい目にあいましたな。」

「はあ、でも、ずいぶんよくなりました。」

「いたいですか、まだ？」

返事にこまって答えられないでいると、校長先生がさいそくにきたとでも思ったらしく、お母さんがかわって答えた。
「いつまでもごめいわくをかけまして、すみません。もうずいぶんらくになったようですけど、なんしろ、自転車にのれないものですから、いつまでもぐずぐずしておりまして、はい。」

しかし校長先生のほうはそんなつもりではなく、見舞いがてら吉報をもってきたのであった。友人の娘である大石先生のことも、今日は名前でよんで、
「久子さんも片足犠牲にしたんだから、岬勤めはもうよいでしょう。本校へもどってもらうことにしたんじゃがな、その足じゃあ、本校へもまだ出られんでしょうな。」

お母さんはきゅうに涙ぐんで、
「それは、まあ。」
といったぎり、しばらくあとが出なかった。思いがけない喜びであり、きゅうには礼のことばも出てこなかったのだ。それをごまかしでもするように、さっきから、やっぱりだまっている娘の大石先生に気がつくと、
「久子、久子、なんです。ぼんやりして。お礼をいいなさいよ。」
しかし、大石先生としては、せっかくのこの校長先生のはからいが、あんまりう

れしくなかったのだ。これがもし、半年前のことならば、とびとびして喜んだろうが、今ではもう、そうかんたんに、いかない事情が生まれてきていた。だから、口をついて出たことばは、お礼ではなかった。
「あのう、もうそのこと、きまったんでしょうか。後任の先生のことも。」
まるでそれは、とんでもないといわぬばかりの口調である。
「きまりました。きのうの職員会議で。いけませんかい。」
「いけないなんて、それは、そんなこという権利ありませんけど、でもわたし、やっぱりこまったわ。」
そこにお母さんでもいたら、大石先生は叱りつけられたかもしれぬ。しかしお母さんは、茶菓子でも買いにいったらしく、出ていったあとだった。校長先生はにこにこ笑って、
「なにが困るんですか？」
「あの、生徒と約束したんです。また岬へもどるって。」
「こりゃおどろいた。しかし、どうしてかよいますかね。お母さんのお話だと、ずいぶん自転車にものれんということだったので、そうはからったんですがね。」
もう、いいようがなかった。すると、岬の村がいっそうなつかしくなり、思わず未練がましくいった。

「後任の先生は、どなたでしょう。」
「後藤先生です。」
「あら！」
お気のどくといいそうになってあわててやめた。もうすぐ四十で、しかも晩婚の後藤先生には乳呑み子があった。じぶんよりは少し岬へ近い村の人とはいえ、一里半（六キロ）はあるだろう岬へ、寒さにむかってどうしてかようだろうかと思うと、その気のどくさと、じぶんの心残りとがごっちゃになって、急に眉をあげた。
「では、校長先生、こうしていただけませんでしょうか。わたしの足がすっかりなおりましたら、いつでも代りますから。それまで後藤先生にお願いすることにして……。」
いかにもよい思いつきだと思ったのだが、校長先生の返事は思いがけなかった。
「義理がたいこというなあ、久子さん。あんたがそないに気をつかわんでも、ちょうどよかったんだから。後藤先生は、すすんで岬を希望したんだから。」
「あら、どうしてですの？」
「いろいろ、あってね。老朽で来年はやめてもらう番になっていたところを、岬へいけば、三年ぐらいのびるからね。それいったら、よろこんで、承知しましたよ。」

「まあ、老朽!」
三十八や九で老朽とは? まだ乳呑み子をかかえている女が老朽とは。あきれたような顔をしてことばをきったお大石先生を、いつのまにか外から帰ってきたお母さんは、くだものなど盛った盆をさしだしながら、娘のぶえんりょさに気が気でなく、
「久子、なんですか、せっかくの校長先生のご好意に、ろくろくお礼もいわないで。だまって聞いてりゃ、さっきからおまえ、ヘソ曲りなことばっかりいうて……。」
そして校長先生の前に手をつき、
「どうもほんとに、わたしが行きとどきませんでな。つい、ひとりっ子であまえさせたらしく、失礼なことばっかり申しまして。これでも、学校のことだけはあな寝てもさめても考えとりますふうで、早く出たい出たいと申しとりましたんです。おかげさまで、本校のほうにかわらしていただけましたから、もう十日もしたら、バスにのって、かよえると思います。こんな、気ままものですけど、どうぞもうよろしゅうお願いいたします。」
娘にいわせたいことを、ひとりでならべたてて、何度もぺこぺこ頭をさげた。そして、それとなく目顔であいずをしたが、大石先生はそしらぬ顔で、まだ後藤先生にこだわっていた。
「それで、もう後藤先生は、岬へかよってるんでしょうか?」

校長先生もまた、この少しふうがわりの、あまのじゃくみたいな娘を相手にして、おもしろがっているようすで、
「そいつは、まだですがね。なんなら、もう一度職員会議をひらいて取り消してもよろしい。後藤先生は、がっかりするでしょうがなあ。」
　お母さんひとりは、気をもみつづけ、はらはらしていた。そのお母さんにむかって、校長先生は、
「大石くんに、似たとこがありますな。一徹居士(いってっこじ)なところ。なにしろ彼は、小学校四年生の父が、受けもちの先生に誤解されたことをおこって、級友をそそのかして一日ストをやったというのだ。同級生だった校長先生も、同情して、みんなでいっしょに村役場へ押しかけていって、先生をとりかえてくれといったのだという。あっはっはと笑った。その話は、まえにも聞いたことがあった。なんでも、小学校四年生でストライキをやったんだから、前代未聞ですよ。」
　今年の春、就職をたのみにいったとき、はじめて父の少年時代のことをきいて、母と子はいっしょに笑ったのである。ただ思い出話として笑って語られる父のことが、今の大石先生には、ふしぎとも、まじめにひびいた。
　校長先生が帰ったあとも、ひとりで考えこんでいる大石先生を、お母さんはいたわるように、

「でもまあ、よかったでないか、久子。」

しかし大石先生はだまっていた。そして晩の御飯もいつもよりたべなかった。夜おそくまで考えつづけたあげく、やっとお母さんにいった。

「よかったのかもしれないわ。わたしにも、後藤先生にも。」

それは「よかったではないか、久子。」といわれてから四時間もあとのことであった。お母さんはほっとした顔で、

「そうとも、そうともお前、万事都合よくいったというものよ、久子。」

すると先生はまた、ややしばらく考えてから、はっきりいった。

「そんなこと、ぜったいにないわ。万事都合なんかよくならない。すくなくも後藤先生のためにはよ。だって、老朽なんて、失礼よ。」

この娘は気が立っているのだというふうに、お母さんはもうそれにさからおうとはしないで、やさしくいった。

「とにかく、もう寝ようでないの。だいぶふけたようじゃ。」

その翌朝、思いたった大石先生は、岬の村へ船で出かけた。船頭は小ツルの父親とおなじく、渡し舟をしたり、車をひいたりするのが渡世の、一本松の村のチリンヤであった。

十月末の風のない朝だ。空も海も青々として、ひきしまるような海

の空気は、両袖で思わず胸をだくほどのひやっこさである。
「おお寒ぶ。もう袷じゃのう、おっさん。」
「なに、陽があがりゃ、そうでもない。今が、いちばんえい季節じゃ。暑うなし、寒うなし。」
　珍らしく絣のセルの着物に、紫紺の袴をつけている大石先生だった。ゴザをしいた船の胴の間にいざりに坐った足を、袴はうまくかくして、深い紺青の海の上を、船は先生の心一つをのせて、櫓音も規則ただしく、まっすぐに進んだ。二か月前に泣きながら渡った海を、今はまた、気おいたつ心で渡っている。
「なんせ、ひどい目をみたのう。」
「はあ。」
「若いもんは、骨がやらこい（やわらかい）から、折れてもなおりが早い。」
「骨じゃないんで。筋ともちがう。アキレス腱、いうんじゃがのう。骨よりも、むつかしいとこで。」
「ほう、そんなら、なおいかん。」
「でも、ひどい目にあわすつもりでしたんじゃないさかい。怪我じゃもん、しょうがない。」
「そんな目に　おうても　わかれの　あいさつとは　気のえい　こっちゃい。ゆん

「とん、さんじゃい。」

船頭さんは櫓にあわせて短かくことばをくぎりながら、「ゆんとん　さんじゃい」で、いっそう力を入れてこいだ。大石先生もくつくつ笑いながら、それにあわせて、

「そんなこと　いうても　たったの　一年生が　親にも　ないしょで　見舞みまいに　きたんじゃもん　いかんと　おれるかい　ゆんとん　さんじゃい。」

大石先生がきゃっきゃっと笑うと、船頭さんもいい気持らしく、

「ぎりと　ふんどしゃ　かかねば　なるまい　そういう　もんじゃよ　ゆんとん　さんかよ。」

もう大石先生は腹をかかえて、思うぞんぶん笑った。海の上ではだれも気にするものはなく、その笑い声まで櫓の音でくぎられながら、船はしだいに沖にすすみ、やがて対岸の村へと近づいてゆく。まだ朝げの靄もやの消えきらぬ岬のはなは、もうとっくに今日の出発がはじまったらしく、小さな物音がしきりにひびいてきた。自転車でかよっていたとき、よろずやの前にさしかかると、あわてて走りだしてきた松江、よく、ころ、あの子どもたちはどうしているだろうか。おしゃまのマスノ、と、ひとりひとり出てきて待ちうけていたソンキ、おしゃまのマスノ、と、ひとりひとりえんりょやの早苗、一学期に二度も教室で小便をもらした吉次、よくぞあのチビどもが、思いきって一本松までこの上に思いをめぐらしながら、よくぞあのチビどもが、思いきって一本松までこ

れたものだと思うと、あの日の、ほこりにまみれた足もとなど、思いだされて、いとしさに、からだがふるえるほどだった。

あのときは、わたしのほうがおどろかされたから、今日はひとつ、みんなをびっくりさせてやる……。だれにまっさきに見つかるだろうかと、たのしい空想をのせて船はすすみ、緑の木立ちや黒い小さな屋根をのせて岬はすべるように近づいてきた。二人の女の子が砂浜に立ってこちらを見ている。一年生ではないらしい。ふしぎそうにこちらから目をはなさない。変化にとぼしい岬の村では、海からの客も、陸からの客も見つけるに早く、好奇の目はまたたくまに集団をつくるのだった。立ちどまっている子どもが五人になり、七人にふえたと思うと、その姿はしだいに大きくなり、がやがや騒ぎとともに、ひとりひとりの顔の見わけもつきだした。しかし、子どものほうではだれもまだ着物の先生に見当がつかぬらしく、ま顔で見つめている。笑いかけてもわからぬらしい。しびれをきらして思わず片手があがると、がやがやはきゅうに大きくなって、叫びだした。

「やっぱり、おなご先生じゃア。」

「おなご　せんせえ。」

「おなごせんせが　きたドォ。」

浜べはもういつのまにか大人までがまじっての大かんげいになった。船頭さんの

なげたとも綱は歓呼の声でたぐりよせられ、力あまって船は砂浜まで引きあげられるさわぎだった。ひとしきり笑いさざめいたあげく、ともかく学校へ向かった。途中で出あう人たちは、いちいち見舞いのことばをおくった。

「怪我はどないでござんす。あんじよりました。」

先生のほうもいちいちあいさつをかえした。

「ありがとうございます。そのせつは、お米をいただいたりしまして、すみませんでした。」

「いいえ、めっそうな。ほんの心もちで。」

すこしゆくと鍬をかついだ人が、はちまきをはずしかかっている。同じような見舞いを聞いたあと、

「こないだはどうも、きれいなそら豆をありがとうございました。」

すると、その人は少し笑って、

「いやァ、うちは、胡麻をあげましたんじゃ。」

じぶんの馬鹿正直さに気がつき、これからは米とも豆ともいわないことにきめた。

わずか一学期だけのことだったので、一年生の父兄のほかはよく顔もおぼえていなかったのだ。そのつぎに出あった、漁師らしい風体の人を見ると、魚をくれたのはこの人かと思い、用心しいしい、頭をさげた。

「こないだは、けっこうなお見舞いをありがとうございました。するとその人は、きゅうにあわてだし、
「いや、なに、ことづけようと思とったんですが、つい、おくれてしもて、まにあいませんだ。」
「あら、どうも失礼しました。思いちがいしましたの。」
先生のほうも同じようにあわてて、赤い顔になり、
これが以前だったら、女先生は見舞を催促したといわれるところだったろう。行きすぎると子どもたちが笑いだし、その中の男の子が、
「先生、清六さん家は、人にものやったためしがないのに。もらうだけじゃ。山へ仕事に行くとってしょんべんしとうなったら、どんな遠うても、わが家の畑までしにいく人じゃもん。」
わあとみんなが笑った。その話はまえにもいちど聞いたことがあった。四年生にいるその息子が、組でひとりだけ、どうしても音楽帳をもってこなかった、そのときである。いつも忘れてくるのかと思ってただすと、泣きそうになってうつむいた。するとならんでいた生徒が、かわって答えた。
「歌をなろうても銭もうけのたしにはならんいうて、買うてくれんのじゃ。」
つぎの唱歌のとき、清一というその子に音楽帳をやると、うれしそうに受けとっ

たことを思いだした。彼は、教科書まで全部、他人の使い古しをもらっていた。しかも村で二番目のしんしょ持ちだというのだ。そこに清一のいないことで、ほっとしている先生へ、
「せんせ足、まだ痛いん？」
まっさきにきいたのは仁太である。もう松葉杖ではなかったにしろ、やっぱりびっこをひいているのを見ると、仁太はうたてかったのであろう。
「せんせ、まだ自転車にのれんの？」
こんどは小ツルだった。
「そう、半年ぐらいしたら、のれるかもしれん。」
「そんなら、これから、船でくるん？」
「へえ、そんなら、歩いて？ あんな遠い道、歩いてェ？」
ソンキの質問にだまって顔をふると、コトエがおどろいて、コトエにとっては忘れられない二里の道だったのだろう。空腹と心配でまっさきに泣きだしたコトエは、本の包みを藪にかくして出かけたときにも、ひとり気がふさいでいた。どんなに叱られるかと、びくびくしていたのだ。しかし、迎えに出ていたおばんは、どこの親たちよりもまっさきに、船にアユミのかかるのもまちきれず、じ

やぶじゃぶと海の中へはいってゆき、どの子よりもまっさきにコトエを船から抱きおろしたのである。まるでがいせん将軍のように晴れがましくアユミをわたる子どもらとそれを迎える親たちのなかで、コトエとおばんだけは泣いていた。藪へまわって、本包みをとってもどりながら、もうそのときは二人ともふだんの顔になって話しあった。

「これからは、だまってやこい行ったらいかんで。ちゃんと、そういうて行かにゃ。」

「そういうたら、行かしてくれへんもん。」

「そうじゃなァ、ほんにそのとおりじゃ。ちがいない。」

おばんはふるえるような力のない笑い声でわらい、

「でもな、なにがなんでも飯だけはたべていかんと、からだに毒じゃ。」

そういわれてコトエは、先生の家でごちそうになったキツネうどん。空腹はキツネうどんの味を数倍にしてコトエの味覚にやきついていた。

思いだしただけでも唾が出てくるほどうまかったキツネうどん。

その後も彼女は、何度かキツネうどんを思いうかべた。思いがけず先生がやってきた今、彼女はまた、あの遠い道とキツネうどんを思いだしては、キツネうどんの話をしては、大石先生を思いだし、先生を思いだしてはキツネうどんを思いうかべた。思いだしながら、聞いたのである。あんな

遠い道を、歩いてェ？　と。しかし、コトエでなくとも、子どもらは、今日の先生を、ふたたび学校へむかえたものと考えていた。だれもうたがおうとしない態度を見ると、先生は、上陸第一歩で今日の目的をはっきりさせるべきだったと思った。

お別れにきたのよう……

そう叫びながら船をおりたら、そくざにそのような雰囲気が生まれたろうにと、くやみながら、コトエのことばにしがみつくようにして、ゆっくりといった。

「ね、遠い道でしょ。そこを、ひょこたん　ひょこたん　と、ちんばひいて歩いてくると、日がくれるでしょ。それでね、だからね、だめなの。」

それでも子どもたちにはさっしがつかなかった。網元の森岡正が、正らしい考えで、

「そんなら先生、船できたら。ぼく、毎日迎えにいってやる。一本松ぐらい、へのかっぱじゃ。」

正は近ごろ櫓がこげるようになり、それが自慢なのであった。先生も思わずにこにして、

「そうお、それで夕方はまた、送ってくれるの？」

「うん、なあ。」

あとをソンキにいったのは、少し不安でソンキに加勢を求めたものらしい。ソン

キも、うなずいた。
「そう、ありがとう。でも、困ったわ。もっと早くそれがわかってたらよかったのに、先生もう、学校やめたの。」
「今日は、だからお別れにきたの。さよなら、いいに。」
「…………」
「…………」
みんなだまっていた。
「べつのおなご先生が、すぐきますからね、みな、よく勉強してね。先生、とっても岬を好きなんだけど、この足じゃあ仕方がないでしょ。また、よくなったら、くるわね。」
みんな一せいにうつむいて先生の足もとを見た。早苗が目に、いっぱい涙をため、それをこぼすまいとして、目を見ひらいたままきらきらさしている。感情をなかなかことばにしない早苗のその涙を見たとたん、先生の目にも同じように涙がもりあがってきた。と思うと、きゅうに蜂の巣にでもさわったように、わあっと泣きだしたのは、マスノだった。するとコトエやミサ子や、気の強い小ツルまでが、しくしくやりだした。泣き声の合唱である。岬分教場の古びた門札のかかった石の門の両側に、大きな柳と松の木がある。その柳の木の下で、三十四五人の生徒にとりまかれ

て、女先生もまたかまうことなく涙をこぼした。マスノの音頭があんまり大げさだったので、吉次や仁太まで泣きそうになり、それをがまんしているふうだった。大きな生徒のなかにはおもしろそうに見ているものもいた。職員室の窓からその光景を見ていた男先生は、古ぐつの先革だけをのこした上ばきをつっかけてとんできたが、わけをきくと、

「なんじゃあ、おなご先生がせっかくおいでたんだから、笑うてむかえんならんのに、みんなはでに泣くじゃないか。さ、どいたどいた。おなご先生、早く中へおはいりなさい。」

「やれやれ、女子と小人はなんとかじゃ。泣きたいだけ泣いてもらお。泣きたいものは、なんぼでも泣け泣け。」

しかしだれひとり動こうとはせず、しくしくつづけた。

古ぐつの上ばきをぱっくぱっく音させて男先生が去りかけると、はじめてみんなは笑いだした。泣け泣けといわれたのがおかしかったのだ。

始業の板木が鳴りわたり、いよいよ今日の勉強もはじまるわけだ。そのはじめに別れのあいさつをして帰るはずの大石先生であったが、別れのことばをいったあと、なにかに引っぱられるようにして、一、二年の教室へはいった。久しぶりの女先生に、みんなうきうきした。

「じゃあ、この時間だけ、いっしょにべんきょうしてお別れにしましょうね。算数だけど、ほかのことでもいいわ。なにしよう？」
はい、はい、と手があがり、まだ名ざしをしないうちにマスノが、
「唱歌。」
と叫んだ。歓声と拍手がおこった。みんなさんせいらしい。
「浜で歌うたう。」
わあっと、また、ときの声があがる。
「せんせ、浜で歌うたう。」
マスノがひとりで音頭をとっている。
「じゃあ、男先生にそいって、浜まで送ってきてね。船がまってるから。」
パチパチと拍手がおこり、机ががたがた鳴った。男先生に相談すると、それならみんなで送ろうということになった。びっこの大石先生をとりまくようにして十二人の一年生が先頭を歩いた。いちばんしんがりの男先生は、怪我の日以来ほこりをかぶっている女先生の自転車を押していった。道で出あった村の人も浜までついてきた。
「こんどは、泣きっこなしよ。」
大石先生はひとりひとりの顔をのぞきながら、

「さ、指きり、マアちゃんも泣かないでね。」
「はい。」
「コトやんも。」
「はい。」
「早苗さんも。」
「はい。」

これだけが一ばん泣き虫だから、これだけ指きりしたから、もうだいじょうぶひとりひとりの小さな指にちかいながら、浜へくると、仁太が大声で、
「なに、歌うん？」
と、マスノの顔を見た。
「蛍の光だ、そりゃあ。」
男先生がそういったが、一年生はまだ蛍の光をならっていなかった。
「そんなら一年生も知っとる歌、『学べや学べ』でもうたうかい。」
男先生はじぶんの教えた歌を聞いてもらいたかった。しかしマスノがいち早く叫んだ。
「山のからす。」

彼女はよほど「山のからす」がお気にいりらしかった。そしてもう、まっさきに、うたいだしたのだ。

　　山のからすが　もってきた
　　あかい小さな　じょうぶくろ

まだやっと一年生なのに、彼女の音頭とりはなれきっていた。ちゃんと、みんなをあとについて歌わせる力があった。天才とでもいうようなものであろうか。

　　あけてみたらば　月の夜に
　　山がやけそろ　こわくそろ

村の人も大ぜい集まってきて、あいさつをした。大石先生もいっしょに歌いながら、船にのりこんだ。

　　へんじかこうと　目がさめりゃ
　　なんのもみじの　葉がひとつ

くりかえし歌って、いつかそれもやみ、しだいに遠ざかる船にむかって呼びかける声も細りながら、いつまでもつづいた。
「せんせえ──。」
「また、おいでえ。」
「足がなおったら、またおいでえ。」
「やくそくしたぞォ。」
「やくそくした　どォ。」
最後に仁太の声で、あとはもう、ことばのあやもわからなくなった。
「かわいらしいもんじゃのう。」
船頭さんに話しかけられて、はじめて我れにかえりながら、しかし目だけは、まだ立ちさりかねている浜べの人たちからはなさずに、
「ほんまに、みんな、それぞれ、えい人ばっかりでのう。」
「昔から、ひちむつかしい村じゃというけんどのう。」
「そうよの。そんな村は、気心がわかったとなると、むちゃくちゃに人がようての う。」
「そんなもんじゃ。」

つよい日ざしと海風に顔をさらしたまま、もう胡麻粒ほどにしか見えない人の姿とともに、岬の村を心の中にしみこませるように、いつまでも目をはなさなかった。櫓の音だけの海の上で、子どもたちの歌声は耳によみがえり、つぶらな目の輝きはまぶたの奥に消えなかった。

五　花の絵

海の色も、山の姿も、そっくりそのまま昨日につづく今日であった。細長い岬の道を歩いて本校にかよう子どもの群れも、同じ時刻に同じ場所を動いているのだが、よく見ると顔ぶれの幾人かがかわり、そのせいでか、みんなの表情もあたりの木々の新芽のように新鮮なのに気がつく。竹一がいる。ソンキの磯吉も キッチンの徳田吉次もいる。マスノや早苗もあとからきている。

この新らしい顔ぶれによって、物語のはじめから、四年の年月が流れさったことを知らねばならない。四年。その四年間に「一億同胞」のなかの彼らの生活は、彼らの村の山の姿や、海の色と同じように、昨日につづく今日であったろうか。彼らは、そんなことを考えてはいない。ただ彼ら自身の喜びや、彼ら自身の悲しみのなかから彼らはのびていった。じぶんたちが大きな歴史の流れの中に置かれて

いるとも考えず、ただのびるままにのびていた。それは、はげしい四年間であったが、彼らのなかのだれがそれについて考えていたろうか。あまりに幼い彼らでしかもこの幼い者の考えおよばぬところに、歴史はつくられていたのだ。四年まえ、岬の村の分教場へ入学したその少しまえの三月十五日、日本の改革を考える新らしい思想に政府の圧迫が加えられ、同じ日本のたくさんの人びとが牢獄に封じこめられたそんなことを、岬の子どもらはだれも知らない。ただ彼らの頭にこびりついているのは、不況ということだけであった。それが世界につながるものとはしらず、ただだれのせいでもなく世の中が不景気になり、けんやくしなければならぬ、ということだけがはっきりわかっていた。その不景気の中で東北や北海道の飢饉を知り、ひとり一銭ずつの寄付金を学校へもっていった。そうした中で満州事変、上海事変はつづいておこり、幾人かの兵隊が岬からもおくり出された。

そういうはげしい動きのなかで、幼い子どもらは麦めしをたべて、いきいきと育った。前途に何が待ちかまえているかをしらず、ただ成長することがうれしかった。五年生になっても、はやりの運動靴を買ってもらえないことを、人間の力ではなんともできぬ不況のせいとあきらめて、昔ながらのわらぞうりに満足し、それが新らしいことで彼らの気持はうきうきした。だからただひとり、森岡正のズックを見

つけると、みんなの目はそこにそそがれてさわいだ。
「わァ、タンコ、足が光りよる。ああばば、（まぶしいこと）。」
いわれるまえから正は気がひけていた。はいてこなければよかったと後悔するほど恥ずかしかった。女のほうでは小ツルがひとりだった。靴は、足をかわすたびにぶかぶかとぬげそうになった。小ツルはとうとうズックを手にもって、はだしになり、うらめしそうに靴をながめた。六年生の女の子がじぶんのぞうりと取りかえてやりながら、
「わァ、十文半じゃもん、わたしにでも大きいわ。」
おそらく三年ほどもたせるつもりで買ってやったのだろうが、小ツルはもうこりこりしていた。ぞうりのほうがよっぽど歩きよかったのだ。ほっとしている小ツルに、松江は笑いかけ、
「な、コツやん、べんとが、まだ、ここで、ぬくいぬくい。」
そういって腰のあたりをたたいてみせた。
「百合の花の弁当箱？」
小ツルが、いつ買ったのだ、という顔で問うのを、松江は気弱くうけ、
「うゝん、それは明日お父っあんが買ってきてくれるん。」
そういってしまって、松江ははっとした。三日前のことを思いだしたのだ。ミサ

子もマスノも、ふたに百合の花の絵のあるアルマイトの弁当箱を買ったと聞いて、松江は母にねだった。
「マアちゃんも、ミイさんも、百合の花の弁当箱買うたのに、うちにもはよ買うておくれいの。」
「よしよし。」
「ほんまに、買うてよ。」
「よしよし、買うてやるとも。」
「百合の花のど。」
「おお、百合なと菊なと。」
「そんなら、はよチリリンヤへたのんでおくれいの。」
「よしよし、そうあわてるない。」
「ほたって、よしよしばっかりいうんじゃもん。マッちゃん、チリリンヤへいってこうか。」
 それではじめて彼女の母はしんけんになり、こんどはよしよしといわずに、少し早口で、
「ま、ちょっとまってくれ、だれが銭はらうんじゃ。お父つぁんにもうけてもろてからでないと、赤恥かかんならん。それよか、お母さんがな、アルマイトよりも、

「もっと上等のを見つけてやる。」

そういってその場を流してくれたのが、古い昔の柳行李の弁当入れとわかると、松江のために、古の弁当入れなど、だれも持っていないことを、松江はしっていたのだ。今どき柳行李の弁当入れなど、だれも持っていないことを、松江はしっていた。世の中の不況は父の仕事にもたたって、大工の父が、仕事のない日は、草とりの日ようにまでいているほどだから、弁当箱一つでもなかなか買えないこともわかっていた。しかし松江は、どうしてもほしかったのだ。ここで柳行李をうけいれたら、いつまでたっても百合の花の弁当箱は買ってもらえまいということを、松江は感じて、ごねつづけ、とうとう泣きだしたのである。しかし母親もなかなかまけなかった。

「不景気なんだから、ちっとがまんしい。来月になって、景気がよかったら、ほんまに買おうじゃないか。なあ、マツはいちばん大きいから、もっと聞き分けいでどうすりゃ。」

それでも松江はしくしく泣いていた。いつやむともしれないほど、しんねり泣きつづけるのは、よほどの思いにちがいない。そのままつづけばいつやむともしれぬ泣きぶりであったが、やがて、泣くどころでないことがおこった。彼女の母は、きりっとした声でいった。

「マツ、弁当箱はきっと買うてやる。指きりしてもええ。そのかわりおまえ、産婆(さんば)

さんとこへ、ひとっ走りいってきてくれや。大急ぎできててつかあされ、いうてな。行きゃしなに、よろずやのばあさんにも、ちょっときてもろてくれ。こんなはずないんじゃけんど、おかしいな」
あとのほうはひとり言のようにいって、納戸にふとんをしきだした母親を見ると、さすがに松江も泣きやみあわてて家をとびだした。小さいからだをツブテのように走らせながら、彼女の心には一つのたのしみがふくらんできた。それは指きりしてもよいといった母のことばだった。産婆さんの家は本村のとっつきにあった。帰りは途中まで自転車にのせてくれ、少し上り坂のところまでくると、年とった産婆さんは自転車をとめ、
「おまえは、ここでおりてくれ。一刻も早ういかんならん」
松江はこっくりして、自転車のあとから走った。自転車はみるみる遠ざかり、すぐ山の中へ消えていった。大石先生の自転車いらい、女の自転車もようやくはやりだして、今ではもう珍しくなかったが、それだけに走りさった産婆さんの自転車を見て、毎日朝早く起きて、てくてく、町まで歩いて仕事にゆく父親にも、自転車があれば、どれほど助かるかと、ふと思った。
走って帰ると、もう赤ん坊は生まれていた。いそがしそうに襷がけで水をくんでいたよろずやのおばさんは、松江を見るなりいった。

「マッちゃんよ、お前、えらかろうが、大いそぎで釜の下をたいておくれ。バケツのまま釜に水をあけておいてから、小声で、
「こんまい女の子じゃ。月たらずじゃといな。でも、ええじゃないか、なあマッちゃん。また女でお父つぁんはうんざりしようけんど、女の子はええ。忠義はできんけんど、十年もたったら、マッちゃんじゃって、どない出世するかしれたもんじゃない。」

なんの意味かよくわからぬまま、松江は釜の下をたきつづけた。母親になにかことがあると、年よりのいない松江の家では、小さいときから松江がかまどに立たねばならなかった。

それから三日目、はじめて弁当をもって本校へゆく松江は、納戸にねている母親に注意されながら、湯気の出ている御飯を釜から弁当箱につめた。
「お父つぁんのは、両行李ぎゅうぎゅうにつめこんであげよ。お前のは軽くいれてな、なにせ、大きい弁当箱じゃもん。梅干は見えんほど御飯の中に押しこまにゃ、ふたに穴があくさかい。」

血の道がおこりそうだといって、しかめ顔に、手ぬぐいではちまきをしてねている母を、幼い松江は気にもかけず、
「お母さん、百合の弁当箱、ほんまに買うてよ。いつ買うてくれるん？」

「お母さんが、起きれたら。」
「おきれたら、その日に、すぐに?」
「ああ、その日に。」
　松江はうれしくて、今日借りてもってゆく父親のアルミの弁当箱の大きさも気にかからなかった。松江ぐらいの女の子なら、三人分はゆうにはいる大きな、深い弁当箱が、小学校の教室ではどれほどこっけいに見えるかを、彼女は考えなかった。柳行李よりはそのほうがよいと思ったのだ。それどころか、からだにつたわってくる弁当のぬくみは、彼女の心をほかほかと温めつづけていた。しかし、小ヅルの問いに、思わず、明日と答えたけれど、明日は買ってもらえない。こんな、あさっては買ってもらえるかもしれないと考えると、彼女はひとり笑えてきた。こんな、温かい気持で出かけていった松江であった。
　マスノは新らしいセーラー服をきて自慢らしかったし、コトエはおばんの作っておいてくれたぞうりの鼻緒に赤いきれのないこんでいるのがうれしそうだった。松江にかぎらず、みんな何かしらうれしがっていた。まるで大学生の着るようなこまかいさつまがすりの袷をきせられている早苗は、赤いはっかけ(すそまわし)を気にして、ときどきうつむいて見ている。じみなその着物を人に笑われないうちに、早苗の母はいったのである。
「なんと、じみすぎておかしいかと思うたら、赤いはっかけでひきたつこと。そん

でまた、これが早苗に似合うというたら、かしこげに見えるわ。裾にちろちろ赤いのも見えて、みごとい。みごとい。よかったァ。」

これだけほめられると、早苗は正直にそれを信じこんだ。着物をきているのはコトエと二人だけで、コトエもまた母親のだったらしい黒っぽい、飛び模様のある綿めいせんをきていた。本裁そのままらしく、腰あげも肩あげももりあがっている。

しかし彼女のじまんは、先鼻緒に赤いきれのついたぞうりの方だった。藪のそばの草むらを通るとき、コトエだけは、ふっと、大石先生を思いだし、一本松のほうを見た。

「小石先生！」

親しく、心の中でよびかけたつもりなのに、まるでそれが聞こえたかのように、小ツルがよってきた。

「小石先生のこと、知っとん？」

「なに？」

「知らないとわかると、こんどは早苗に、

「知っとん？　早苗さん。」

「なにを？」

小ツルは大声で、ぐるぐると見まわし、

「みんな、小石先生のこと、知っとるか？」

ニュースは、いつだって小ツルからである。みんなは思わず小ツルをとりまいた。得意の小ツルは、れいのとおり篠で切ったような細い目を見はり、見ってもいっこうひろがらない目でみんなを見まわし、

「小石先生な、あのな、エイトコトコトコンペイト。」

そしてマスノの耳にくしゃくしゃとささやいた。二人だけの自慢にしようとしたのに、マスノはすっとんきょうに叫んだ。

「わあ、嫁さんにいったん！」

小ツルはまだあるんだとばかりに、

「な、ほてな、あのな。」とわざとゆうゆうになり、

「シンコンレンコン（新婚旅行）なあ、おしえてやろうか。」

「うん。」

「こがつくとこ。んがつくとこ。ぴがつくとこ。らがつくとこ。」

「わかった。こんぴらまいり。」

「そう。」

わあっと声があがった。百メートルほども先になった上級生の男の子たちがふり

かえったが、そのままいってしまうと、みんなもとっとと、口だけはやかましく小石先生の噂をした。それはおとといのことで、昨日小ツルの父が聞いてきた話だということもわかった。嫁にいくとすれば、小石先生はもう学校をやめるのではなかろうかというのがマスノの意見だった。小ツルがそれにさんせいし、小林先生も、嫁にいくのでやめたと、記憶のよいところをみせた。そしてまた、やめてもらいたくないという希望をいち早く口に出したのもマスノであった。めずらしく早苗とコトヱがさんせいした。早苗がコトヱに、
「小石先生、も一ぺんあいたいもんなあ。」
「うーん。いつかしらん、うどん、うまかったなあ。」
コトヱがいった。みんなはそれで、四年前のことをはっきり思いだした。その小石先生が、今日学校にきているかどうかは、みんなにとって大問題になってきた。みんなの足は、知らずしらず早くなった。なかば走りながらマスノは、
「かけしようか、小石先生きとるか、きとらんか。」
「しよう、なにかけるん？」
うてばひびく早さで、小ツルが応じた。
「まけたら、ええと、ええと、すっぺ（しっぺい）五つ。」
森岡正がそういうと、マスノは右手を高くあげながら、

「すっぺ五つなら、まけてもええわ。うち、先生きーとる。」
「うちも。」
「うちも。」
 なんのことはない、みんな小石先生が来ているというのだ。とうとうかけはながれたまま、学校へ近づいた。さすがに新入生の五年生はきまじめな顔をして校門をくぐった。ひょいと見ると職員室の窓から小石先生がこちらを見ている。おいでおいでと手をふられると、みんなはそのほうへ走っていった。
「もうくるか、もうくるかと思って、まってたのよ。ちょっとまって。」
 そういって出てきた小石先生は、歩きながらみんなを土手のほうへつれていった。ひとりひとりの顔をみながら、
「大きくなったじゃないの。今に先生においつくわ。あら、小ツやんなんか、追いこしそうだ。」
 小ツルに肩をならべ、
「へえ、まけた。でもしようがない、小石先生だもんね。」
 みんな笑った。
「あんたらが小石先生といったもんで、いつまでたっても大石先生になれないじゃないの。」

また笑った。笑いはするが、だれもまだ、なんともいわない。
「いやに、おとなしいのね。五年生になったら、こんな、おとなしくなったの。」
それでもにこにこしているだけなのは、小石先生が、なんだかまえと少しかわって見えたからだった。色も白くなっているし、そばにくると、スミレの花のようにいいにおいがした。それは嫁さんのにおいだというのを、みんなは知っていた。
「せんせ。」
マスノがやっと口をきった。
「先生、唱歌おしえてくれるん？」
「そう。唱歌だけじゃないわ。あんたたちの受けもちよ、こんど。」
わあっと歓声があがり、きゅうにうちとけてしゃべりだした。先生、先生とだれかが呼びつづける。呼びつづけながら岬の村のいろんなできごとが、その海の色や風の音までつたわってくるようにわかった。コトエのうちでは最近、おばあさんが卒中でなくなり、ソンキのお母さんはリョウマチで寝こんでいるという。早苗のおでこのかすりきずは、ついこないだ、ミサ子と二人で肩をくんでスキップで走っていて、道路から浜に落ちたときの怪我だとわかったし、キッチンの家では豚が三匹も豚コレラで死んでしまい、お母さんが寝こんだ、などと話はつきなかった。
小ツルは、先生のからだをつかまえて、ゆすぶり、

「先生、仁太、どうしてこなんだか？」
「あ、それ聞こう聞こうと思ってたの。どうしたの、病気？」
すぐには答えず、みんな顔見あわせて笑っている。先生もつられて笑いながら、これはきっと仁太が、とっぴょうしもないことをしでかしたにちがいないと、ふと思った。
「どうしたのよ。病気じゃないの？」
早苗の顔を見ていうと、早苗はだまってかぶりをふり、目を伏せた。
「らくだい。」
ミサ子が答えた。
「あら、ほんと？」
おどろいている先生を、笑わせようとでもするように小ツルは、
「いつも、はな、たらしとるさかい。」
みんなは笑ったが、先生は笑わなかった。
「そんなことうそよ。はなたらして落第なら、みんな一年生のとき落第したわ。病気かなんかで、たくさん休んだんでしょ。」
「でも、男先生がそういうた。はなたれもしだいおくりというのに、仁太は四年生になってもはなたれがなおらんから、も一ぺん四年生だって。」

小ツルの話に、みんながツンツンはなをすすった。それには先生もちょっと笑ったが、すぐ、心配そうな顔になった。始業のかねが鳴ったので、みんなと別れた先生は、職員室にもどりながら、仁太のことをきり考えていなかった。かわいそうにとつぶやいた。落第した仁太が、弟の三吉と同級生になってもう一度やり直す四年生を思うと、気持がくもってきた。はなたれもしだいおくりと、ほんとに男先生がいったとしたら、仁太を四年生にとどめることこそ、はなをたれっぱなしにさせておくことのように思ったのだ。あのからだの大きな仁太のむじゃきさが、それで失われるとしたら、仁太の一生についてまわる不幸のように思えて、今日、ひとりとり残された仁太のさびしさが、ひしひしとせまってきて、またくりかえした。

　　はなたれも　　しだいおくり
　　はなたれも　　しだいおくり

　仁太はどうしてとり残されたろう。
　それを竹一にでももういちど聞こうと思った大石先生は、お昼休みの時間をまって、そとへ出た。運動場の見わたせる土手の柳の下に立つと、竹一は見あたらず、まっさきにとらえたのは松江だった。松江はなぜかひとり校舎の壁にもたれてしょ

んぼりしていた。まねくと土手の下まで走ってきて、そっくりそのまま母親に通じる目で笑った。手をのばすと、ますます母親似の顔をして、きまりわるそうに引っぱりあげられた。仁太のことをきこうとする母親ともしらず、松江は、じぶんひとりの気づまりさからのがれようとでもするように、せっぱつまった声で呼びかけた。
「せんせ。」
「なあに。」
「あの、あの、うちのお母さん、女の子うんだ。」
「あらそう、おめでとう。なんて名前?」
「あの、まだ名前ないん。おとつい生まれたんじゃもん。あした、あさって、しあさって。」
と、松江は三本の指をゆっくりと折り、
「六日ざり、(名付日)。こんど、わたしがすきな名前、考えるん。」
「そう、もう考えついたの?」
「まだ。さっき考えよったん。」
松江はうれしそうにふっと笑い、
「せんせ。」
と、いかにもこんどは別の話だというふうによびかけた。

「はいはい。なんだかうれしそうね。なあに。」
「あの、お母さんが起きられるようになったら、アルマイトの弁当箱、買うてくれるん。ふたに百合の花の絵がついとる、べんと箱。」
すうっとかすかな音をさせていきを吸い、松江は顔いっぱいによろこびをみなぎらせた。
「あーら、いいこと。百合の花の絵がついとるの。ああ、赤ちゃんの名前もそれなの？」
すると松江は、恥らいとよろこびを、こんどはからだじゅうで示すかのように肩をくねらせて、
「まだ、わからんの。」
「ふーん。わかりなさいよ。ユリちゃんにしなさい。ユリコ？ ユリエ？ 先生、ユリエのほうがすきだわ。ユリコはこのごろたくさんあるから。」
松江はこっくりうなずいて、うれしそうに先生の顔をみあげた。松江の目がこんなにもやさしいのは、はじめて見たような気がして、先生はその長いまつ毛におおわれた黒い目に、じぶんの感情をそそいだ。仁太のことはもう、ひとまず流して、心はいつかなごんでいた。松江にとってもまた、その数倍のよろこびだった。先生にいわなかったけれど、お昼の弁当のとき、松江は大きな父の弁当箱を、小ツルや

ミサ子から笑われたのである。それで、彼女はひとりみんなからはなれていたのだ。しかし今は、そのしょげた気持も朝露をうけた夏草のように、元気をもりかえした。じぶんだけが、とくべつに先生にかまわれたようなうれしさで、これはないしょにしておこうと思った。だのにその日、帰り道で彼女はつい口に出してしまった。

「うちのねね、ユリエって名前つけるん。」

「ユリエ？　ふうん、ユリコのほうが気がきいとら。」

はねかえすように小ツルがいった。松江は胸をはって、

「それでも、小石先生、ユリエのほうがめずらして、ええっていうた。」

小ツルはわざととびあがって、

「へえ、なんで小石先生が。へえ！」

なにかをさぐりあてようとでもするような目で松江の顔をのぞきこみ、

「あ、わかった。」

ならんでいたミサ子をうしろのほうへ引っぱっていって、こそこそささやいた。富士子、早苗、コトエとじゅんじゅんにその耳に口をよせ、

「なあ、そうじゃな。」

おとなし組の三人は小ツルの言い分にさんせいできないことを、気弱な無言であらわすばかりで、松江を孤立させようとした小ツルのたくらみはくずれてしまった。

よく気のあうマスノが、今日は母の店によって、ここにいないのが小ツルの弱さになっていた。彼女はみんなに、松江がひいきしてもらうために、ひとり小石先生にへつらったといったのである。そのためにかえってじぶんから孤立した小ツルは、ひとりふきげんにだまりこんで、とっとと先を歩いていった。みんなもそのあとからだまってついていった。

一つはなをまがったときである。前の小ツルがきゅうに立ちどまって海のほうをながめた。先にたつものにならう雁のように、みんなも同じほうを見た。小ツルが歩きだすとまた歩く。やがて、いつのまにかみんなの視線は一つになって海の上に そそがれ、歩くのを忘れてしまった。

はじめから小ツルは知っていたのであろうか。静かな春の海を、一そうの漁船が早櫓でこぎわたっていた。手ぬぐいで、はちまきをしたはだかの男が二人、力いっぱいのかっこうで櫓を押している。二丁櫓のあとが、幅びろい櫓足をひいて、走るように対岸の町をさして遠ざかってゆくのだ。もうけんかどころでなかった。

なんじゃろ？
だれのうちのできごとじゃろう？
みんな目を見あわしました。消え去りつつ新らしくひかれてゆく櫓足から、岬の村に

大事件が突発したことだけがわかった。急病人にちがいない。船の胴の間にひろげたふとんが見られ、そこにだれかがねかされているとさっした。しかし、またたくまに船は遠ざかり、乗りこんでいる人の判別もつかなかった。まるでそれは、瞬間の夢のように、とぶ鳥のかげのようにすぎた。だが、だれひとり夢と考えるものはいなかった。一年に一度か二年に一度、急病人を町の病院へ運んでゆく岬の村の大事件を、さかのぼって子どもたちは考えていた。かつて小石先生もこうして運ばれたのだ。怪我をしたか、急性の盲腸炎か。

なんじゃろう？

だれぞ盲腸の人、おったかいや？

あとから追いついてきた男の子もいっしょにかたまって評定した。女はだれも声をたてず、男の子がなにかいうたびにその顔に目をそそいだ。そんななかで松江はふと、今朝家を出かけるときの母の顔を思い浮かべた。瞬間、黒いかげのさしたような不安にとらわれたが、そんなはずはないのだと、つよくうち消した。しかし、頭痛がするとて顔をしかめ、手ぬぐいできつくきつくはちまきをした、その結び目のところの額によっていた、もりあがった皺を思い出すと、なんとなく払いきれぬ不安がせまってきた。はじめに、今日は父に休んでもらいたいといった母、しかし父は仕事を休むわけにはいかなかった。

「松江を休ませりゃ、ええ。」
父が、そういうと、そんならええといい、松江にむかって、
「学校、はじめてなのになァ。だけんど、遊ばんともどってくれなあ。」
思いだして松江はどきどきしてきた。足がもつれるほど走りつづけて、みんなの先を走りだしていた。ほかの子どもちついてきた。するといつのまにか足は、ようやく岬の家並を見たときには、松江のひざはがくがくふるえ、肩と口とでいきをしていた。村のとっつきがよろずやであり、そのとなりのわが家に、おしめがひらひらしているのを見て、安心したのである。しかし、その安心で坂道をかけおりた松江は、わが家の敷居をまたぐなり、走ってきたそのままの足のはこびで、母のねている納戸にとびこんだ。母はいなかった。
彼女は、こんどは心臓がとまりそうになった。井戸ばたにいるのが母ではなく、よろずやのおばさんだと気がついたからだ。はずんだ石ころのように
「お母さん……。」
ひっそりとしていた。
「おかあ、さん……。」
泣き声になった。よろずやのほうから赤ん坊の泣くのが聞こえた。
「うわあ、わあ、おかあさーん。」

力のかぎり大声で泣き叫ぶ松江の声は、空にも海にもひびけとばかりひろがっていった。

六　月夜の蟹

　五年生の教室は川っぷちに新らしく建った校舎のとっつきであった。川にむかった窓からのぞくと、衽のような形の、せまい三角地をはさんで、高い石垣は川床まで直角に築かれていた。危険防止の土手は地面から三尺ほどの高さでめぐらしてあったが、土手はあまり用をなさず、子どもらはわずかな遊び時間をもかってに石垣をつたって、川の中へおりていった。おもに男の子だった。川上に家は一軒もなく、ちろちろの水はきれいだった。山から流れてきてはじめて、ここで人の肌にふれる水は、おどろくほど、つめたく澄みきっていた。子どもらにとっては、ただ手足をふれているだけで、じゅうぶん満足のできる、こころよい感触であった。水はここではじめて人の手にふれ、せきとめられて濁った。だれがいいだしたのか鰻がいるという噂がたってから、子どもたちの熱意は川底に集まり、毎日土手の見物と川の漁師とのあいだで時ならぬやりとりがつづいた。川床の石をめくっては、まだ一度もとれたことのない鰻をさがしているのだが、出てくるのは蟹ばかりである。それ

でもけっこうおもしろいらしく、漁師も見物もふえるばかりだった。くるぶしをかくしかねるほどの水量は、遊び場としても危険はなく、だから小石先生もだまって眺めていた。

「せんせ、ズガニ　あげよか。」

保護色なのか泥色をして、足にあらい毛のある蟹をつかまえて、うで一ぱいさし出したのは森岡正だった。

「いらん、そんなもん。」

「たべられるのに、せんせ。」

「いやだ、そんなもんたべたら、足や手にヒゲがはえるもの。」

川底と土手からどっと笑い声がおこった。窓ぎわの先生ももちろん笑いころげたのだが、ついさっきまでの先生は、そんな笑いとは遠い気持で、窓の外にくりひろげられた風景を眺めていたのであった。川の中でも土手の上でも、岬の子どもらは知らずしらずかたまっていた。だが、そこに松江の姿は見ることができない。その目にみえぬ姿が、ときどき先生の心を占領してしまうのだ。

母親がなくなってから、松江は一度もこの教室に姿をあらわさなかった。窓ぎわの、前から三番目の松江の席は、もう二か月もからっぽのままである。入学の日のことを思いだして、百合の花の絵のついた弁当箱をみやげに松江の家をたずねたの

は、彼女の母親がなくなってからひと月ぐらいたっていた。ちょうど川本大工も家にいて、男泣きに泣きながら、赤ん坊が死なないかぎり、松江を学校にはやれぬといった。あまりに事情が明白なので、それでも松江を学校によこせとはいえず、だまって松江の顔をみた。小さな赤ん坊をおぶったまま、父親のわきにちょこんとすわって松江もだまっていた。へんにまぶたのはれて見える顔は、頭のはたらきを失ったようにぼんやりしていた。その膝の上へ、
「マッちゃん、これ、百合の花の弁当箱よ。あんたが学校にこられるようになったら、つかいなさいね。」
あまりうれしそうにもせず、松江はこっくりをした。
「早く、学校へこられるといいわね。」
いってしまって、はっとした。それは赤ん坊に早く死ねということになるのだ。思わず赤くなったが、松江たち父子には、はっきりひびかなかったらしく、ただ感謝のまなざしでうけとられた。
まもなく赤ん坊がなくなったと聞き、松江のためにほっとしたのだが、松江はなかなか姿を見せなかった。マスノやコトエたちにようすをきいてもらちがあかず、先生はとうとう手紙をかいた。十日ほどまえになる。

——松江さん、赤ちゃんのユリエちゃんは、ほんとにかわいそうなことをしましたね。でももう それはしかたがありませんから、心の中でかわいがってあげることにして、あなたは元気をだしなさいね。学校へは、いつからこられますか。先生は、まい日マッちゃんのからっぽのせきを見ては、マッちゃんのことを考えています。
早くこい こい マッちゃん。早くきて みんなといっしょに、べんきょうしましょう。——

手紙は松江の家といちばん近いコトエにことづけた。しかしその手紙が、松江にとってどれほど無理な注文であるかを先生は知っていた。赤ん坊のユリエがいなくなっても、松江にはまだ弟妹が二人あった。五年生になったばかりの彼女は、幼い頭脳と小さなからだで、むりやり一家の主婦の役をうけもたされているのだ。どんなにそれがいやでも、ぬけだすことはできない。父親をはたらきに出すためには、小さな松江がかまどの下をたき、すぎせんたくもせねばならぬ。ひよこのようにきょうだい三人よりあって、父親の帰りをまっているだろうあわれな姿が目の前にちらつく。法律はこの幼い子どもを学校にかよわせることを義務づけてはいるが、そのために子どもを守る制度はないのだ。

翌日、コトエは先生の顔を見るなり報告した。
「先生、きのうマッちゃん家へ手紙をもっていったら、知らんよその小母さんがきとった。マッちゃんおりますか、いうたら、おりませんいうたん。しかたがないから、これマッちゃんにわたして、いうて、その小母さんにたのんできたん。」
「そう、どうもありがとう。マッちゃんのお父さんは？」
「知らん。見えなんだ。——その小母さん、おしろいつけて、きれい着物きとった。マッちゃん家へ嫁にきたんとちがうかって、小ツルさんがいうんで。」
コトエはちょっとはにかみ笑いをした。
「そうだと、マッちゃんも学校へこられていいけどね。」
それからまた十日以上たったが、松江は姿を見せない。手紙はよんだろうかと、ふと心にかげのさす思いで、窓の下を見ていたのだった。ズガニを三匹とった正は、それをあき罐にいれて得々として石垣をのぼってきた。三角形の空地にある杏の木は夏にむかって青々としげり、黒いかげを土手の上におとしている。そのま下にかたまって、岬組の女生徒たちはズガニの勇士を迎え、われがちにいった。
「タンコ、一ぴきくれなァ。」
「うちにも、くれなァ。」
「わたしもな。」

「やくそくど。」

蟹は三匹なのに希望者は四人なのだ。正は考えながらあがってきて、

「食うか、食わんのか？」

みんなの顔を見まわした。食うものにやろうと思ったのだ。いち早く小ツルが、

「食う食う。月夜の蟹は、うまいもん。」

それをきくと、正はにやりとし、

「うそつけえ、蟹がうまいんは、やみ夜のこっちゃ。」

「うそつけえ、月夜じゃないか。」

「ああ聞いた、あ聞いた。月夜の蟹はやせて、うも（うまく）ないのに」

正が確信をもっていうと、小ツルもまけようとしない。同じように正の口まねで、

「ああ聞いた、あ聞いた。月夜の蟹がうまいのに。ためしに食うてみる、みんなされ。」

「いや、こんな川の蟹でわかるかい。海の蟹じゃのうて。」

それを聞くと女組がわあわあさわぎたて、窓の先生にむかって口ぐらにきいた。

「せんせ、月夜の蟹とやみ夜の蟹と、どっちがおいしいん？」

「せんせ月夜じゃなあ。」

マスノや小ツルやミサ子たちだった。

「さあ、ねえ。やみ夜のように思うけど……。」

男組がわあっときた。

「ほらみい、ほらみい。」

こんどは先生は笑いながら、

「でも、月夜のような気もする……。」

女組が両手をあげ、とびとびしてよろこんだ。だれもそれを本気にして考えてはいなかったのだが、正だけは熱心に先生を見あげ、

「馬鹿いうな先生！」

すると女組がまた、わあっときた。

「先生を馬鹿じゃとい。」

「ほうタンコは先生を馬鹿じゃとい。」

正は頭をかき、みんなのしずまるのをまって、やっぱりしんけんにいった。

「ほたって先生、それにゃわけがあるんじゃもん。月夜になるとな、蟹は馬鹿じゃせに、わがの影法師をお化けかと思ってびっくりして、やせるんじゃ。やみ夜になると、影法師がうつらんさかい、安心してみがつくんじゃど。だから、月夜は蟹が網にかかっても逃がしてやるんじゃないか。かすかすで、うもないもん。やみ夜までおくと、しこしこのみがついて、うまいんじゃ。ほんまじゃのに、せんせ。うそ

「じゃあ、みんなでためしてみましょうね。」

「じょうだんにそういって、その日はすんだのだが、翌々日、森岡正はほんとに月夜の蟹をもってきた。一時間目の算数がはじまるまえ、ひょうたん籠をつき出したのである。

「せんせ、蟹。月夜の蟹。やせて、うもない月夜の蟹。」

それは今朝とれたばかりで、まだ生きていた。がさごそと音がしている。みんな笑った。

「ほんとにもってきたの。タンコさん。」

先生も笑って、しかたなさそうに受けとった。蟹は、この期になってもまだじぶんの運命をなんとかして打開しようとでもいうように、せまい籠の中をがさごそ這いまわっていた。どういうわけか、二匹とも、大きな鋏を片方だけもぎとられたあわれな姿で、残った片方の鋏を上に向け、よらばはさむ構えで泡をふいている。

「かわいそうに、これ先生がたべるの？」

「うん、約束じゃもん。」

「逃がしてやりましょうよ。」

「いや、約束じゃもん。」

正はうしろをふりむいて「なあ」とみんなのさんせいを求めた。男の子は手をたたいてよろこんだ。

「じゃあこうしましょう。あとで小使さんにこれをにてもらい、今日の理科の時間に研究しようじゃないの。それから、蟹っていう題で綴方も書いてくるの。」

「はーい。」

「はーい。」

大さんせいだった。籠は窓べりの柱の釘にかけられ、その時間中蟹はがさごそ音を立てつづけてみんなを笑わせた。

時間がすむと、先生はひょうたん籠をはずし、じぶんで小使室のほうへ歩いていった。小ツルとコトエが用ありげについてきて、

「せんせ。」と呼びかけ、ふりむくのをまって、

「マッちゃんのこと。」といった。

「マッちゃん？」

「はい。マッちゃん、ゆうべの船で、大阪へいったん。」

「ええっ。」

思わず立ちどまった先生の顔を見あげながら、コトエが、一生けんめいの顔で、

「しんるいの家へ、子にいったん。」

「まあ。」
「そいで、マッちゃん家、おっさんと男の子と残ったん。」
「そう、マッちゃん、うれしそうだった？」
 コトエは答えずに、かぶりをふった。小ツルがかわって、
「マッちゃん、行かんいうて、はじめ、庭の口の柱に抱えついて泣いたん。マッちゃん家のお父さんがよわって、はじめはやさしげにすかしたけんど、あとは頭にげんこつかましたり、背中をどづいたりしたん。マッちゃんがはなれんので、おいおい泣いてみんなが弱っとった。よろずやのばあやんが、ようやっとすかして、得心さしたけんど、みんなもらい泣きしよった。わたしも涙が出てきて弱った。途中まで、みんなと見おくっていったけんど、マッちゃん一口ものいわなんだ。なあコトやん。そいで……。」
 きゅうにハンカチを顔にあてて、くっくっと泣きだした先生におどろいて、小ツルはだまった。いつのまにか早苗やマスノもよってきて、片手にひょうたん籠をもったまま、うつむいてハンカチを目にあてている先生を、うたたげに見ていた。みんなの目にも、さそわれた涙がもりあがっていた。
 そのあともしばらくは、窓ぎわの前から三番目の松江の席はあいたままおかれてあったが、あるとき、その、松江のたった一日すわった席に先生はだまって腰かけ

ていた。そのあとすぐ席の組みかえがあって、その列は男の子になった。それきり松江の噂は出なかった。先生もきかず、生徒もいわず、松江の姿は追いだされたのであろうか。別れのあいさつにもなしに、どこかへいってしまった五年生の女の子。……

そして、もうすぐ六年生に進級するという三月はじめであった。春は目の前にきていながら珍らしく雪の降る中を、ひとバスおくれた大石先生は、学校前の停留所から傘もささずに走って、職員室にとびこんだとたん、異様な室内の空気に思わず立ちどまり、だれに話しかけようかというふうに十五人の先生たちを見まわした。みんな心配そうな、こわばった顔をしていた。

「どうしたの？」

同僚の田村先生にきくと、しっ というような顔で田村先生は奥まった校長室に、あごをふった。そして小さな声で、

「片岡先生が、警察へひっぱられた。」

「えっ！」

田村先生はまた、しずかに、というふうにこまかく顔をふりながら、

「いま、警察がきてるの。」

また校長室を目顔でおしえ、つい今のさっきまで片岡先生の机をしらべていたのだとささやいた。全然、だれにもまだことの真相は分かっていないらしく、廊下へよりあって、だまっていたが、始業のベルでようやく生きかえったように、火鉢に出た。田村先生と肩をならべると、
「どうしたの。」
まっさきに大石先生はきいた。
「あかだっていうの。」
「あか？　どうして？」
「どうしてか、しらん。」
「だって、片岡先生があか？　どうして？」
「しらんわよ。わたしにきいたって。」
ちょうど教室の前へきていた。笑って別れはしたが、二人とも心にしこりは残っていた。まだなんにも知らないらしい生徒は、雪に勢いづいたのか、いつもより元気に見えた。ここに立つと、すべての雑念を捨てねばならないのだが、教壇にたって五年間、大石先生にとってこの時間ほど、永く感じたことはなかった。一時間たって職員室にもどると、みんな、ほっとした顔をしていた。
「警察、かえったよ。」

笑いながらいったのは、若い独身の師範出の男先生である。彼はつづけて、
「正直にやると馬鹿みるっちゅうことだ。」
「なんのこと、それ。もっと先生らしく……。」
突っつかれて大石先生はいうのをやめた。突っついたのは田村先生だった。教頭が出てきての説明では、片岡先生のは、ただ参考人というだけのことで、いま校長がもらいさげにいったから、すぐ帰ってくるだろうといった。問題の中心は片岡先生ではなく、近くの町の小学校の稲川という教師が、受けもちの生徒に反戦思想を吹きこんだという、それだった。稲川先生が片岡先生とは師範学校の同級生だというので、一おうしらべられたのだが、なんの関係もないことがわかったというのである。つまり、証拠になるものが出てこなかったのだ。そのさがしている証拠品というのは、片岡先生の自宅にも、学校の机にもなかったのだ。
「あら、『草の実』なら見たことあるわ、わたし。でも、どうしてあれが、あかの証拠。」
大石先生はふしぎに思ってきいたのだったが、教頭は笑って、
「だから、正直者が馬鹿みるんですよ。そんなこと警察に聞かれたら、大石先生だってあかにせられるよ。」

「あら、へんなの。だってわたし、『草の実』の中の綴方を、感心して、うちの組に読んで聞かしたりしたわ。『麦刈り』だの、『醬油屋の煙突』なんていうの、うまかった。」
「あぶない、あぶない。あんたそれ（草の実）稲川君にもらったの。」
「ちがう。学校あておくってきたのを見たのよ。」
　教頭はきゅうにあわてた声で、
「それ、今どこにある？」
「わたしの教室に。」
「とってきてください。」
　謄写版の『草の実』は、すぐ火鉢にくべられた。まるで、ペスト菌でもまぶれついているかのように、あわてて焼かれた。茶色っぽい煙が天井にのぼり、細くあけたガラス戸のあいだから逃げていった。
「あ、焼かずに警察へ渡せばよかったかな。しかし、そしたら大石先生がひっぱられるな。ま、とにかく、われわれは忠君愛国でいこう。」
　教頭のことばが聞こえなかったように、大石先生はだまって煙のゆくえを見ていた。
　翌日の新聞は、稲川先生のことを大きな見出しで、「純真なる魂を蝕む赤い教師」

と報じていた。それは田舎の人びとの頭を玄翁でどやしたほどのおどろきであった。生徒の信望を集めていたという稲川先生は、一朝にして国賊に転落させられたのである。

「あ、こわい、こわい。沈香もたかず、屁もこかずにいるんだな。」

つぶやいたのは年とった次席訓導だった。ほかの先生はみな、意見も感想ものべようとはしなかった。そんななかでひとり大石先生は、大げさな新聞記事の教え子たちがわずか四五行のところから目がはなれなかった。そこには、稲川先生の教え子たちが、ひとり一つずつの卵をもちよって、寒い留置場の先生に差し入れしてくれと、警察へ押しかけたことが書かれていたのだ。

今日はもう出勤した片岡先生はきゅうに英雄にでもなったように、引っぱりだこだった。どうだった？ の質問に答えて、一日でげっそり頬のおちた彼は、青いひげあとをなでながら、

「いや、どうもこうも、いま考えるとあほらしいんじゃけどな、すんでのことにあかにならされるとこじゃった。稲川は、君が会合に出たのは四五回じゃというがだの、小林多喜二の本をよんだろうとかって。ぼくは小林多喜二なんて名前もしらんというたら、この野郎、こないだ新聞に出たじゃないかって。いわれてみりゃあ、ほら、ついこないだ、そんなことが出ましたな。小説家で、警察で死んだ人のこと

が。」（ほんとうは拷問で殺されたのだが、新聞には心臓まひで死んだと報じられた。）
「ああ、いたいた。赤い小説家だ。」
若い独身の先生がいった。
「そのプロレタリヤ何とかいう本を、たくさんとられとりました。あの稲川は師範にいるときから本好きでしたからな。」
その日国語の時間に、大石先生は冒険をこころみてみた。生徒たちけもう『草の実』とその先生のことを知っていたからだ。
「家で、新聞とってる人？」
四十二人のうち三分の一ほどの手があがった。
「新聞をよんでいる人？」
二三人だった。
「あかって、なんのことか知ってる人？」
だれも手をあげない。顔を見あわせているのは、なんとなく知っているが、はっきり説明できないという顔だ。
「プロレタリヤって、知ってる人？」
だれも知らない。

「資本家は？」
「はーい。」
ひとり手があがった。その子をさすと、
「金もちのこと。」
「ふーん。ま、それでいいとして、じゃあね、労働者は？」
「はい。」
「はい。」
「はーい。」
ほとんどみんなの手があがった。身をもって知っており、自信をもって手があがるのは、労働者だけなのだ。大石先生にしても、そうであった。もしも生徒のだれかに、答えを求められたとしたら、先生はいったろう。
「先生にも、よくわからんのよ。」と。
 まだ五年生にはそれだけの力がなかったのだ。ところがすぐそのあと、このことについては、口にすることをとめられた。ただあれだけのことがどこからもれたのか、大石先生は校長によばれて注意されたのである。
「気をつけんと、こまりまっそ。うかつにものがいえんときじゃから。」
 校長とは、父の友人というとくべつの関係だから、それだけですんだらしい。だ

がこのことは、明かるい大石先生の顔をいつとなくかげらすもとになった。たいして気にもとめていなかった『草の実』のこととと同じく、消しがたいかげりをだんだんこくしていった。

六年生の秋の修学旅行は、時節がらいつもの伊勢まいりをとりやめて、近くの金毘羅ということにきまった。それでも行けない生徒がだいぶいた。働きにくらべて倹約な田舎のことである。宿屋にはとまらず、三食分の弁当をもってゆくということで、ようやく父兄のさんせいを得た。それでも二組あわせて八十人の生徒のうち、行けるというのは六割だった。ことに岬の村の子どもらときたら、ぎりぎりの日まできまらず、そのわけを、おたがいにあばきだしては、内情をぶちまけた。
「先生、ソンキはな、ねしょんべんが出るさかい、旅行に行けんので。」
マスノがいう。
「だって、宿屋にはとまらんのですよ。」
「ねるかしら、朝の船四時だもん、船ん中でねるでしょう。」
「でも、朝の船で出て、晩の船でもどってくるのに。たった二時間よ。みな、ねるどころでないでしょうに。それよりマスノさんはどうしてゆかんの。」

「風邪(かぜ)ひくといかんさかい。」
「あれあれ、大事なひとり娘(むすめ)。」
「そのかわり、旅行のお金、倍にして貯金してもらうん。」
「そうお、貯金はまたできるから、旅行にやってって、いいなさいよ。」
「でも、怪我(けが)するといかんさかい。」
「あら、どうして。旅行すると風邪ひいたり怪我したりするんなら、だれもいけないわ。」
「みんな、やめたらええ。」
「わあ、お話にならん。」
森岡正がそういってきた。
「先生はにが笑いをした。
「先生、ぼくはもう、金毘羅さんやこい、うちの網船(あみぶね)で、三べんもいったから、いきません。」
「あらそう。でもみんなといくの、はじめてでしょう。いきなさいよ。あんたは網元だからこれからだって毎年いくでしょうがね。先生いっとくから。修学旅行の金毘羅まいりが一ばんおもしろかった、とあとできっと思いますからね。」
加部小ツルは、じぶんも行かないといいながら、やはり行かない木下富士子のこ

と、こんなふうにいった。
「せんせ、富士子さん家、借銭が山のようにあって旅行どころじゃないん。あんな大きな家でも、もうすぐ借銭のかたにとられてしまうん。家中、もう、なんちゃ売るもんないんで。」
「そんなこと、いわんものよ。」
かるく背中をたたくと、小ツルはぺろっと舌を出す。
「いやな子！」
そういいながら思いだすのは富士子の家だった。はじめて岬へ赴任したときでも、もう明日にも人手に渡りそうな噂だったその家は、蔵の白壁が北側だけごっそりはげていた。古い家に生まれた富士子は、いかにもその家柄を背負ったように落ちつきはらっていて、めったに泣かず、めったに笑わない少女だった。小ツルなどからあからさまなことをいわれても、じろりと冷たい目で睨みかえす度胸は、だれにもまねのできないものだ。「くさっても鯛」という彼女のあだ名は、彼女の父の口ぐせからきており、彼女はそれに満足しているところがみえた。
そこへゆくと小ツルなどはさっぱりしたもので、人のこともいうが、じぶんのこともいわれても、べつに気にとめないふうだった。一家そろってはたらき、そのはたらきを表看板にして裏も表もなかった。たとえば小ツルのあだ名け「目っつり」

といわれている。たいしたきずではないが、まぶたの上のおできのあとがひっつれているからだ。ふつうなら、ことに女の子は「目っつり」などとなぶられれば泣きたくなるだろうが、小ツルはちがっていた。まるで人ごとのようにわだかまりのないようすで、

「目っつり目っつりと、やすやすいうてくれるな。目っつりも、なろうと思うてなれる目っつりとちがうぞ。」

それは彼女の母たちがそういっていたからであろう。旅行にゆけないわけをも、彼女はざっくばらんにいうのだ。

「わたしン家なあ先生、こないだ頼母子講をおとしで、大きい船を買うたん。だから、倹約せんならんの。こんぴらまいりは、じぶんで金もうけするようになってから、いくことにきめた。」

それで他人のふところも遠慮なくのぞきこんで、人のことはいうなといっても平気でいう。ミサ子が行かないのはよくばりだからだの、コトエや早苗はきょうだいが多くて、旅行どころでなかろうとかと。

ところが前々日になると、旅行志望者はきゅうにふえて、岬ではマスノをのけてみんながゆくということになった。

そのきっかけは、だまりやの吉次が、山出しをしてもうけた貯金をおろして申し

こみをしたことにあるようだった。吉次がゆけば、どうしたってだまっていられないのがソンキであった。磯吉は、じぶんも豆腐や油あげを売り歩いてもらった歩金を貯金していたのだ。ソンキさえも行くとなると、どうしたって正や竹一がやめるわけにはゆかない。正も網ひきで、もうけた貯金を思いだすし、竹一も卵を売ってためた金でゆくといいだした。倹約な岬の村の子どもらは、こんなことで貯金をおろすことを思いつかなかったのだ。正など、おろさなくてもよいといわれながらどうしてもおろすのだといって、竹一といっしょにわざわざ郵便局へいったりした。男の子のほうがそうなると、女の子のほうもだまっていられない。いちばん心配のないミサ子は、富士子をさそった。二人の母親たちが仲よかったからだ。螺鈿の硯箱が富士子には知らせずにミサ子の家へゆき、それで富士子はゆけることになった。二人のことがわかると、じっとしていられなくなったのは小ヅルである。彼女はさっそくさわぎだした。

「ミイさんも富士子さんも旅行にいくウ。うちの貧乏質においてやってくれェ。」

小ヅルはほんとうにそういって、地だんだふんで泣いた。そのために彼女の細い目はよけい細く、はれぼったくなった。小ヅルの母親は、小ヅルとそっくりの目を糸のようにして笑いだし、むつかしい問題を出した。

「ミイさんとこは金もちじゃし、富士子さんとこはおまえ、なんというたって庄屋

じゃもん。あんな旦那衆のまねはできん。じゃがな、もしもコトやんが行くんなら、小ツもやってやる。一ぺんコトやんと相談してこい。」
とていコトエはゆくまいと思ってそういったのであろう。ところが、走っていった小ツルはにこにこしてもどってきた。はあはあ肩でいきをしながら、
「コトやん、いくいうた。」
「ほんまかいや」
「ほんま、ばあやんがおって、そういうたもん。」
あまりのかんたんさに小ツルの母親はうたがいをもち、ききにいった。出しゃばりの小ツルがそんなふうにもっていったのではないかと思ったのである。
「うちの小ツが、しゃしゃりでたといいにきたんじゃないかえ」
さぐるようにいうと、漁師なみに陽やけしたコトエの母は、まっ白くみえる歯を見せて笑い、
「一生に一ぺんのことじゃ、やってやりましょいな、こんなときこそ。いつも下子の子守りばっかりさして、苦労さしとるもん。」
「そりゃ、うちの小ツも同じこっちゃ。しかし、なに着せてやるんぞな？」
「うちじゃあ、思いきって、セーラー買うてやろうと思う。」
「はした金じゃ、買えまいがの。」

「ま、そんなことといわんと、買うてやんなされ、下子も着るがいの。」

「ふーん。」

「早苗さんも、そうすることにしたぞな。」

「そうかいの。早苗さんも、のう。そうなると、小ツもじっとしておれんはずじゃ。やれやれ。」

「早苗さんも、のう。」

こんないきさつがあったのだ。ところが、当日になると、早苗は、風邪ぎみでゆけないといった。しかし早苗はのどが痛いのでも、鼻がつまっていたのでもない。痛かったり、つまったりしたのは、お母さんの財布の口のほうで、早苗のために売りにいった珊瑚の玉のついたかんざしは思う値で売れず、洋服を買うことができなかったのだ。人の足もとをみてからにと、早苗の母は、その古千屋（古物商）のことをいつまでもおこりながら、早苗にはやさしく、

「着物きて、いくか。」

早苗が泣きそうな顔をすると、

「姉やんの、きれいな着物に腰あげして着ていくか。」

「…………」

「お前だけ着物きていくのがいやなら、やめとけ。そのかわり、洋服を買おうや。

「どうする？」

「…………」

早苗はぽろっと涙をこぼし、くいしばった口もとをこまかくふるわせていた。

二つのうちどちらをとってよいか判断がつかなかったのだ。しかし母親のこまって泣きそうな顔に気づくと、きゅうに早苗の決心はついた。

「旅行、やめる。」

こんないきさつがあったとは、だれもしらず、修学旅行は六十三人の一団で出発した。男と女の先生が二人ずつで、もちろん大石先生も加わっていた。午前四時にのりこんだ船の中ではだれも眠ろうとする者はなく、がやがやのさわぎのなかで「こんぴらふねふね」を歌うものもいた。

そんななかで、大石先生はひとり考えこんでいた。その考えから、いつもはなれないのが早苗だった。

ほんとに、風邪けだったのかしら？

早苗のほかにも、十幾人かの子どもがそれぞれの理由で旅行にこられなかったのだが、とくべつに早苗が気になるのは、岬の生徒で、彼女ひとりが不参加だからかもしれぬ。六年になってから、マスノはすっかり母たちの家へ移っていたので、もう岬の仲間ではなくなっていた。たったひとり、あの岬の道を学校へゆく今日の早

苗を思うと、今日は休みにしなかったことが、かわいそうに思えた。先生もいない教室でしょんぼりと自習している生徒たちを思うと早苗ばかりでなく、かわいそうだった。

こんぴらは多度津から一番の汽車で朝まいりをした。また「こんぴらふねふね」をうたい、長い、石段をのぼってゆきながら汗を流しているものもある。そんななかで大石先生はぞくりとふるえた。屋島への電車の中でも、ケーブルにのってからも、それはときどき全身をおそった。膝のあたりに水をかけられるような不気味さは、あたりの秋色をたのしむ心のゆとりもわかず、のろのろと十産物屋にはいり、同じ絵はがきを幾組もたのしむ残っている子どもたちへのみやげにと思ったのである。

屋島をあとに、最後のスケジュールになっている高松に出、栗林公園で三度目の弁当をつかったとき、大石先生は、大かた残っている弁当を希望者にわけて食べてもらったりした。弁当までが心の重荷になっていたことに気づき、それでほっとした。夕やみのせまる高松の街を、築港のほうへと、ぞろぞろ歩きながら、早く帰ってしまうさま足をのばしたいと、しみじみ考えていると、

「大石先生、あおい顔よ。」

田村先生に注意されると、よけいぞくりとした。

「なんだか、疲れましたの。ぞくぞくしてるの。」
「あら、こまりましたね。お薬は？」
「さっきから清涼丹をのんでますけど。」といいさして思わずふっと笑い、「清涼でないほうがいいのね。あついウドンでも食べると……。」
「そうよ。おつきあいするわ。」

そうはいったが前にもうしろにも生徒がいる。男先生たちに事情をいって、一人ずつそっとぬけだし、目だたぬよう大通りをすぐ横丁にはいった。そこでも土産物やたべものの店がならんでいた。軒の低い家並みに、大提灯が一つずつぶらさがっていて、どれにもみな、うどん、すし、さけ、さかななどと、太い字でかいてあった。せまい土間の天井を季節の造花もみじで飾ってある店を横目で見ながら、
「大石先生、うどんや風ぐすりというのがあるでしょ、あれもらったら？」
と返事をしようとしたとたん、
「てんぷら一丁ッ！」
威勢のよい少女の、よくひびく声であった。このあたりにはめずらしい、縄のれんの店のなったほど、心にひびく声であった。思わずのぞくと、髪を桃われにゆったひとり中からそれはひびいてきたのだった。

の少女が、ビラビラかんざしといっしょに造花のもみじをも頭にかざり、赤い前かけに両手をくるむようにして、無心な顔で往来のほうを向いて立っていた。それはどうしても、大石先生として見のがせぬ姿であった。立ちどまった先生たちを客と見たのか、少女はさっきと同じ声で叫んだ。
「いらっしゃーい。」
　それはもう、じぶんの声にさえ、いささかも疑問をもたない叫びであった。日本髪に、ませたぬき衣紋（えもん）の変わった姿とはいえ、長いまつ毛はもう疑う余地もなかった。
「松江さん、あんた、マッちゃんでしょ。」
　はいってきた客に、いきなり話しかけられ、桃われの少女はいきをのんで一足さがった。
「大阪へいったんじゃなかったの。マッちゃん、ずっとここにいたの？」
　のぞきこまれて松江はやっと思いだしでもしたように、しくしく泣きだした。思わずその肩をかかえるようにして縄のれんの外につれ出すと、奥からあわただしい下駄（げた）の音といっしょに、おかみさんもとびだしてきた。
「どなたですか、だまってつれ出されたら、こまりますが。」
　うさんくさそうにいうのへ、松江ははじめて口をきき、おかみさんのうたがいを

打ち消すように小声でいった。
「大石先生やないか、お母はん。」
うどんはとうとう食べるひまがなかった

七　羽ばたき

修学旅行から大石先生の健康はつまずいたようだった。三学期にはいってまもなくのこと、二十日近く学校を休んでいる大石先生の枕もとへ、ある朝一通のはがきがとどいた。

拝啓、先生の御病気はいかがですか。私は毎日、朝礼の時になると、心配になります。大石先生がいないとせえがないと、小ツルさんや富士子さんもいっています。男子もそういっています。先生、早くよくなって、早くきてください。小夜奈良。

岬組はみんな心配しています。

岬組の生徒たちの真情にふれた思いで、ふと涙ぐんだ先生も、最後の小夜奈良で、思わずふきだした。早苗からだった。

「さよならを、ほら、こんなあて字がはやってるんよ、お母さん。」
朝食をはこんできた母親に見せると、
「字もうまいでないか、六年生にしちゃあ。」
「そう、一ばんよくできるの。師範へいくつもりのようだけど、少しおとなしすぎる。あれで先生つとまるかな。」
口ではなかなか意志表示をしない早苗のことを心配していうと、
「だけど、おまえ、久子だって六年生ぐらいまでは口数のすくない、愛嬌のない子だったよ。それがまあ、このせつはどうして、口まめらしいもの。」
「そうかしら、わたし、そんなに口八丁？」
「だって、教師が口が重たかったらこまるでないか。」
「そうよ。だからわたし、この山石早苗という子が、教壇に立ってものがいえるかしらと、心配なの。」
「じぶんのこと忘れて。久子だって人の前じゃろくに唱歌もうたえなかったじゃないか。それでもちゃんと、一人前になったもの。」
「ふーん。そうだったわ。いま唱歌すきなの、もしかしたら子どものときの反動かな。」
「ひとりっ子のはにかみもあったろうがね。そのはがきの子もひとりっ子かい。」

「ううん。六人ぐらいのまん中よ。姉さんは赤十字の看護婦だそうよ。じぶんは先生になりたいって、それも綴方（つづりかた）に書いてあるの。きいたって口ではいわないくせに、綴方だと、すごいこと書くのよ。これからは女も職業をもたなくては、うちのお母さんのように、つらい目をする、なんて。よっぽどつらい目をみてるらしいの。」
「おまえと同じじゃないか。」
「でもわたしは、小さいときからちゃんと人にもいってたわ。先生になる、先生になるって。山石早苗ときたら、何にもいやしない。いつでもみんなのうしろにかくれているみたいなくせに、書かせるとちゃんとしてるの。」
「いろいろ、たちがあるよ。こうしてはがきをよこしたりするところ、なかなかしろにかくれちゃいないから。」
「そうなの。そして、小夜奈良なんだもの、おもしろい。」
はがき一枚につりこまれて思わずすすんだ朝食だった。そのあとも、まるで鏡にでも見入るようにそのはがきを見つめ、やがては子どもたちのことがつぎつぎと浮かんできた。川本松江はどうしたであろうか。

——てんぷら一丁！

かん高に叫んでいた桃われの娘。桟橋前「しまや」という看板をおぼえてかえり、手紙を出してみたが、返事はこなかった。小学校四年生しか修めていない子どもに

は手紙をかくすべもわからなかったのだろうか。それとも本人の手に渡ったかどうかもあやしい……。あの夜、うさんくさそうに出てきたおかみさんも、事情がわかるとさすがにあいそよく、
「まあまあ、それはそれは。ようきておくれましたな。さ、先生、どうぞおかけなさんせ。」
中へ招じいれ、せまい畳の縁台に小さな座ぶとんを出してすすめたりした。しかし話をするのはおかみさんばかりで、松江はだまってつっ立っていた。いつのまにか男の生徒が五六人やってきて、縄のれんの向こうに顔をならべているのを見ると、大石先生は立ちあがらずにいられなかったのだ。
「じゃあまたね。もうすぐ船がくるでしょうから。」
いとまをつげたが、べつに見送りにもこなかった。許されなかったのであろう。わざとふりむきもせず、さっさと歩きだすと、ぞろぞろついてきた生徒たちは思い思いのことをいった。
「先生、だれかな、あの子？」
「先生、あのうどんやと一家（親類）かな？」
本校にはたった一日しか顔を出さなかった松江を、だれも松江と気づいていないのは、その中に岬の子どもがまじっていなかったからであろう。へたにさそい出し

たりしなかったことを、松江のためによろこびながら、今でも一種のもどかしさで思いだされる松江であった。同じ年に生まれ、同じ土地に育ち、同じ学校に入学した同い年の子どもが、こんなにせまい輪の中でさえ、もうその境遇は格段の差があるのだ。母に死なれたということで、はかりしれぬ境遇の中にほうり出された松江のゆくすえはどうなるのであろうか。彼女といっしょに巣立った早苗たちは、もう未来への羽ばたきを、それぞれの環境のなかで支度している。将来への希望について書かせたとき、早苗は教師と書いていた。子どもらしく先生と書かずに、教師と書いたところに早苗の精いっぱいさがあり、甘っちょろいあこがれなどではないものを感じさせた。六年生ともなれば、みんなもうエンゼルのように小さな羽を背中につけて、力いっぱいに羽ばたいているのだ。

変わっているのは、マスノの志望であった。学芸会に「荒城の月」を独唱して全校をうならせたマスノは、ひまさえあれば歌をうたい、ますますうまくなっていた。歌にむかうとき彼女の頭脳は特別のはたらきをみせ、楽譜をみてひとりで歌った。彼女の夢のゆきつくところは音楽学校であり、そのために彼女は女学校へゆくといった。

田舎（いなか）の子どもとしては、それはじつに珍らしいことだった。彼女の頭のよくないミサ子は、受験のための居残り勉強にいんうつな顔をしていた。

女学校組はマスノのほかにミサ子がいた。あまりできのよくないミサ子は、受験のための居残り勉強にいんうつな顔をしていた。彼女の頭は算数の原理を理解する

力も、うのみにする記憶力にもかけていた。しかもそれをじぶんでよく知っていて、無試験の裁縫学校にゆきたがった。だが彼女の母は、それを承知せず、毎日、彼女にいんうつな顔をさせた。なんとかして県立高女に入れたい彼女の母は、熱心に学校へきていた。その熱意で娘の脳みその構造が変わりでもするように。それでもミサ子は平気だった。

「わたしな、数字みただけで頭が痛うなるんで。県立の試験やこい、だれがうけるや。その日になったら、わたし、病気になってやる。」

彼女は算数のために落第することを見こしているのだ。そこへゆくと、コトエはまるで反対である。家でだれにみてもらうということでもないのに、数の感覚はマスノの楽譜と同じだった。いつもコトエは満点であった。その他の学科も早苗につないでよくできた。彼女ならば女学校も難なく入れるであろうに、コトエは六年きりでやめるという。あきらめているのか、うらやましそうでもないコトエに、たずねたことがある。

「どうしても六年でやめるの?」

彼女はこっくりをした。

「学校、すきでしょ。」

またうなずく。

「そんなら、高等科へ一年でもきたら?」
だまってうつむいている。
「先生が、家の人にたのんであげようか?」
するとコトエははじめて口をひらき、
「でも、もう、きまっとるん。約束したん。」
さびしそうな微笑を浮かべていう。
「どんな約束? だれとしたの?」
「お母さんと。六年でやめるから、修学旅行もやってくれたん。先生がたのみにいっても、その約束、やぶれん。」
「あら、こまったわね。こんどはわたしが高等科へきたら、晩ごはんたくもんがないから、こんどはわたしが飯たき番になるんです。」
「まあ、そんなら今ごろは四年生の敏江さんがごはんたき?」
「はい。」
「お母さん、やっぱり漁にいくの、まい日?」
「はい、大かた毎日。」

「やぶれん。」とつぶやいた。そして、前歯をみせて泣き笑いのような顔をし、
「こんどは敏江が本校にくるんです。わたしが高等科へきたら、晩ごはんたくもんがないから、こんどはわたしが飯たき番になるんです。」
「まあ、そんなら今ごろは四年生の敏江さんがごはんたき?」
コトエはうなずき、

いつかコトヱは綴方に書いていた。

　私は女に生まれて残念です。私が男の子でないので、お父さんはいつもくやみます。私が男の子でないので、漁についていけませんから、お母さんがかわりにゆきます。だからお母さんは、私のかわりに冬の寒い日も、夏の暑い日も沖にはたらきにいきます。私は大きくなったらお母さんに孝行つくしたいと思っています。

　これなのだと、大石先生はさっした。まるで女に生まれたことをじぶんの責任でもあるように考えているコトヱ。それがコトヱを、何ごとにもえんりょぶかくさせているのだ。だれがそう思わせたのかといってみてもまにあわぬ。コトヱはもう六年生でやめることを、わが身の運命のようにうけいれているのだ。
「でもねコトヱさん——。」
　それはまちがっているのだといおうとしてやめた。感心ね、といおうとしてそれもやめた。気のどくねというのも口を出なかった。
「残念ですね。」
　それはいかにも適切なことばであったが、コトヱはそれでなぐさめられ、気持が

明かるくなったらしい。少し反っ歯の大きな前歯をよけいにむきだして、
「そのかわり、えいこともあるん。さらい年敏江が六年を卒業したら、こんどはわたしをお針屋へやってくれるん。そして十八になったら大阪へ奉公にいって、月給みんな、じぶんの着物買うん。うちのお母さんもそうしたん。」
「そしてお嫁にゆくの？」
コトエは一種のはにかみをみせて、ふふっと笑った。それはもうわが手では動かすことのできぬ運命でもあるように、彼女はそれに服従しようとしている。そこにはもう、与えられる運命をさらりとうけようとする女の姿があった。二十にもなれば、彼女はある日ハハキトクの偽電報一本で奉公先から呼びかえされ、危篤のはずの母たちの膳立てのまま、よくはたらく百姓か漁師の妻になるかもしれぬ。
彼女の母もそうであった。そして六人の子を生んだ。五人まで女であったために、それがじぶんひとりの責任であるかのように夫の前で気がねしていた。その気がねがコトエにもうつって、彼女もえんりょぶかい女になっていた。夫にしたがって毎日沖にでている漁師の妻は、女とは思えぬほど陽にやけた顔をし、潮風にさらされて髪の毛は赤茶けてぼうぼうとしていた。しかもそれで不平不満はなかったかのように、じぶんの歩いた道をまた娘に歩かせようとし、娘もそれをあたりまえの女の道とこころえている。そこにはよどんだ水が流れの清冽さをしらないような、古さ

だけがあった。正直いちずな貧しい漁師の一家にとっては、それが円満具足のかぎりなのだろうかと、ひとりもどかしがる大石先生だった。さりとてコトエを高等科に進学させることで、貧しい漁師一家の考えが一新されるものではないと思うと、空を眺めてためいきをするよりなかった。

教師と生徒の関係が、これでよいのかと疑問をもつと、そこに出てくる答は、『草の実』の稲川先生であった。国賊にされ、刑務所につながれた稲川先生は、ときどき獄中から、蟻のようにこまかい字の手紙を教え子によせるということだったが、なんの変わったこともないありきたりの手紙も、生徒には読んで聞かされないという噂だった。そんなものであろうか。教室の中で、国定教科書を通してしか結びつくことをゆるされないそらぞらしい教師と生徒の関係、たとえ生徒のほうでかってに関をのりこえてこようとも、上手に肩すかしをくわさねば、思いがけない落とし穴があることを知らねばならなかった。みんなの耳と目が知らずしらず人の秘密をうかがいさぐるようになっているのだ。しかした時には、別のことで思いがけないいたずらがこまれたりもする。病気のためしばらく休むといったとき、小ツルなど、胸もとに手を入れるような無遠慮さで、ぬけぬけといった。

「先生の病気、つわりですか？」

思わず赤くなると、やんやんとはやすものもいた。子どものくせに、と思ったが、

肩をすかさずに答えた。
「そうなの。ごめんなさい。ごはん食べれないから、こんなにやせたんだもん、少し元気になってからくるわ。」
　そのときからの欠勤だった。休むと宣言したとき、だれよりも心配そうな顔をしたのがやはり早苗だったことなど思いだし、六年前の写真をとりだしてみた。十三枚焼きましをしておきながら、なんとなく渡しそびれてそのままになっている写真は、袋のまま写真ブックのあいだにはさまっていた。あどけない顔をならべているなかで、小ツルはやはりいちばん大人っぽかった。このときからずぬけて背も高い小ツルは、今ではみんなより二つほども年上に見えた。おかっぱか横分けにしているなかで、彼女ひとりは支那の少女のように前髪をさげて、ひとり大人ぶっているのだ。マスノが岬の道づれでなくなってから、彼女はひとりいばっているふうであった。高等科をおえると産婆学校にゆくのが目的なのも、おませな彼女につわりの興味をもたせたのかもしれない。
　岬の女子組では、あとに富士子が一人いるが、彼女の方向だけはきまっていなかった。いよいよ、こんどこそ家屋敷が人手に渡るという噂も、卒業のさしせまった富士子の動きをきめられなくしているのだろうと思うと、コトエと同様、あなたまかせの運命が彼女を待ちうけていそうであわれだった。やせて血のけのない、白く

粉のふいたような顔をした富士子は、いつも袖口に手をひっこめて、ふるえているように見えた。陰にこもったような冷たい一重まぶたの目と、無口さだけが、かろうじて彼女の体面を保ってでもいるようだ。
そこへゆくと、男の子はいかにもはつらつとしている。
「ぼくは、中学だ。」
竹一が肩をはるようにしていうと、正もまけずに、
「ぼくは高等科で、卒業したら兵隊にいくまで漁師だ。兵隊にいったら、下士官になって、曹長ぐらいになるから、おぼえとけ。」
「あら、下士官……。」
不自然にことばを切ったが、先生の気持の動きにはだれも気がつかなかった。月夜の蟹とやみ夜の蟹をわざわざもってきたような正が下士官志望は思いがけなかったのだが、彼にとっては大いにわけがあった。徴兵の三年を朝鮮の兵営ですごし、除隊にならずにそのまま満州事変に出征した彼の長兄が、最近伍長になって帰ったことが正をそそのかしたのだ。
「下士官を志望したらな、曹長までは平ちゃらでなられるいうもん。下士官は月給もらえるんど。」
そこに出世の道を正は見つけたらしい。すると竹一も、まけずに声をはげまして、

「ぼくは幹部候補生になるもん。タンコに負けるかい。すぐに少尉じゃど。」
 吉次や磯吉がうらやましげな顔をしていた。竹一や正のように、さしてその日の暮しにはこまらぬ家庭の息子とはちがう吉次や磯吉が、戦争について、家でどんなことばをかわしているか知るよしもないが、だまっていても、やがては彼らも同じように兵隊にとられてゆくのだ。その春（昭和八年）日本が国際連盟を脱退して、近くの町の学校の先生が牢獄につながれたということにどんな意味があるか、それがどんなつながりをもっているのか、それらのいっさいのことを知る自由をうばわれ、そのうばわれている事実さえ知らずに、田舎の隅ずみまでゆきわたった好戦的な空気に包まれて、少年たちは英雄の夢を見ていた。

「どうしてそんな、軍人になりたいの？」
 正にきくと、彼はそっちょくに答えた。
「ぼく、あととりじゃないもん。それに漁師よりよっぽど下士官のほうがえいもん。」
「ふーん。竹一さんは？」
「ぼくはあととりじゃけんど、ぼくじゃって軍人のほうが米屋よりえいもん。」
「そうお、そうかな。ま、よく考えなさいね。」

うかつにもののいえない窮屈さを感じ、あとはだまって男の子の顔を見つめていた。正が、なにか感じたらしく、
「先生、軍人すかんの？」ときいた。
「うん、漁師や米屋のほうがすき。」
「へえーん。どうして？」
「死ぬの、おしいもん。」
「よわむしじゃなあ。」
「そう、よわむし。」
　そのときのことを思いだすと、今もむしゃくしゃしてきた。これだけの話をとりかわしたことで、もう教頭に注意されたのである。
「大石先生、あかじゃと評判になっとりますよ。気をつけんと。」
　——ああ、あかとは、いったいどんなことであろうか。この、なんにも知らないじぶんがあかとは——
　寝床の中で、いろいろ考えつづけていた大石先生は、茶の間にむかって呼びかけた。
「おかあさん、ちょっと。」
「はいよ。」

立ってはこずに襖越しの返事は、火鉢のわきにうつむいた声であった。
「ちょっと相談。きてよ。」
足音につづいて襖があくと、指ぬきをはめた手を見ながら、
「わたし、つくづく先生いやんなった。三月でやめよかしら。」
「やめる？　なんでまた。」
「やめて一文菓子屋でもするほうがましよ。まい日まい日忠君愛国……」
「これッ。」
「なんでお母さんは、わたしを教師なんぞにならしたの、ほんとに。」
「ま、ひとのことにして。おまえだってすすんでなったじゃないか。お母さんの二の舞いふみたくないって。まったく老眼鏡かけてまで、ひとさまの裁縫はしたくないよ。」
「そのほうがまだましよ。」
「やったつもりよ。ところがどうでしょう。男の子ったら半分以上軍人志望なんだもの。いやんなった。」
「とき世時節じゃないか。お前が一文菓子屋になって、戦争が終るならよかろうがなあ。」
「よけい、いやだわたし。しかも、お母さんにこりもせず、船乗りのお婿さんもら

ったりして、損した。このごろみたいに防空演習ばっかりあると、船乗りの嫁さん、いのちちぢめるわ。あらしでもないのに、どかーんとやられて未亡人なんて、ごめんだ。そいって、今のうちに船乗りやめてもらおかしら。二人の百姓でもなんでもしてみせる。せっかく子どもが生まれるのに、わたしはわたしの子にわたしの二の舞いふませたくないもん。やめてもいいわねｅ」
　早口にならべたてるのを、にこにこ笑いながらお母さんは聞いていたが、やがて、幼い子どもでもたしなめるようにいった。
「まるで、なんもかもひとのせいのようにいう子だよ、おまえは。すきできてもらった婿どのでないか。お母さんこそ、文句いいたかったのに、あのとき。わたしの二の舞いふんだらどうしょうと思って。でも、久子が気に入りの人なら仕方がないとあきらめた。それを、なんじゃと思って、今さら。」
「すきと船乗りはべつよ。とにかくわたし、先生はもういやですからね。」
「ま、すきにしなされ。今は気が立ってるんだから。」
「気なんか立っていないわ。」
　学校でとではだいぶちがう先生である。しかしそのわがままないいかたのなかには、人の命をいとおしむ気持があふれていた。
　やがておちついてふたたび学校へかようようにはなったが、新学期のふたをあけ

ると大石先生はもう送りだされる人であった。惜しんだりうらやましがる同僚もいたが、とくに引きとめようとしないのは、大石先生のことがなんとなく目立ち、問題になってもいたからだ。それなら、どこに問題があるかときかれたら、だれひとりはっきりいえはしなかった。大石先生自身はもちろん知らなかった。しいていえば、生徒がよくなつくというようなことにあったかもしれぬ。

その朝七百人の全校生徒の前に立った大石先生は、しばらくだまってみんなの顔を見まわした。だんだんぼやけてくる目に、新しい六年生の一ばんうしろに立って、一心にこちらを見ている、背の高い仁太の顔がそれとわかると、思わず涙があふれ、用意していた別れのあいさつが出てこなかった。まるで仁太が総代ででもあるように、仁太の顔にむかっておじぎをしたようなかたちで、壇をおりた。高等科の列の中から正や吉次や、小ツルや早苗のうるんだまなざしが一心にこちらをみつめているのを知ったのは、壇をおりてからだった。お昼の休みに別棟にある早苗たちの教室のほうへゆくと、いち早く小ツルが見つけて走ってきた。

「せんせ、どうしてやめたん？」

めずらしく泣きそうにいう小ツルのうしろから、早苗の目がぬれて光っていた。あんなに女学校女学校と、まっさきになってさわいでいたマスノが、結局は高等科へ残ったというのに、その姿が見えないことについて、小ツルは例によって尾ひれ

「マアちゃんな先生、おばあさんとお父さんが反対して女学校いくの、やめたん。料理屋の娘が三味線というならきこえる（わかる）が、学校の歌うたいになっても はじまらんいわれて。マアちゃんやけおこして、ごはんも食べずに泣きよる。——それからな先生、ミサ子さんの学校は女学校とちがうんで。学園で。ミドリ学園いうたら、生徒は三十人ぐらいで、仕立屋に毛がはえたような学校じゃと。そんなら高等科のほうがよかったのにな、先生。」

思わず笑わせられた先生は、笑ったあとでたしなめた。
「そんなふうにいうもんじゃないわ、小ツやん。それより、マアちゃんどうしたの？」
「ふがわるいいうて、休んどん。」
「ふなんかわるないいうて、なぐさめてあげなさい、小ツやんも早苗さんも。それより、富士子さんどうした？」
「あ、それがなア、先生、びっくりぎょうてん、たぬきのちょうちんじゃ。」
小ツルは声を大きくし、見ひらいても大きくなりっこのない細い目を、無理にひらこうとして眉をつりあげ、
「兵庫へ行ったんで。試験休みのとき、うちの船で荷物といっしょに親子五人つん

でいったん。ふとんと、あとは鍋や釜やばっかりの荷物。たんすも大昔のぬりのはげたん一つだけで、あとは行李じゃった。富士子さんとこの人、みんな荒働きしたことないさかい、いまに乞食にでもならにゃよかろかろがって――。いんま、富士子さんらも芸者ぐらいに売られにゃよかろがって――。」
　じぶんとこの運賃、半分は売れのこりの道具ではらったことまでしゃべりつづける小ツルの肩を軽くたたいて、
「小ツルさん、あんたはね、いらんことを、すこし、しゃべりすぎない？　あんた産婆さんになるんでしょ。いい産婆さんは、あんまり人のことをいわないほうが、いいことよ、きっと。これね、先生のせんべつのことば。いい産婆さんになってね。」
「はい、わかりました。」
　三日月の目で笑った。
　さすがに小ツルはちょこんと肩をすくめ、
「早苗さんも、いい先生になってね。早苗さんはもっと、おしゃべりのほうがいいな。これも先生のおせんべつ。」
　肩をたたくと、早苗はこっくりしてだまって笑った。
「コトやんにあったら、早苗はよろしくいってね。からだ大事にして、いい嫁さんになり

なさいって。これおせんべつだって。」

小ツルはすかさず、

「先生も、よいお母さんになりますように、これおせんべつです。」

ふざけて先生の肩をたたいた。小ツルはもうほとんど先生と同じ背の高さになっていた。

「はい、ありがとう。」

思いきり声をあげて笑った。

高等科になって、はじめて男女別組になった教室には、正たちはいなかった。男の子のほうへいって、とくべつに岬の生徒だけに別れのあいさつをするのも気がすまず、帰ることにした。

「タンコさんソンキさん、キッチンくんらに、よろしくね。気がむいたら、遊びにきなさいっていってね。」

「先生、わたしらは？」

小ツルはすぐあげ足をとる。

「もちろん、きてちょうだい。こいっていわなくても、昔からあんたたちくるでしょう。あ、そうそう。」

写真を出して一枚ずつ渡すと、小ツルはきゃっきゃっとひびきわたる声で笑い、

とびとびしてよろこんだ。

その翌日、解きはなたれたよろこびよりも、大事なものをぬきとられたようなさびしさにがっかりして、昼寝（ひるね）をしているところへ、思いがけず竹一と磯吉がつれだってやってきた。あまりに早いことづけの効目（ききめ）におどろきながら、みだれた髪（かみ）も結いもせずに迎えた。

「ま、よくきてくれたわね。さ、おあがんなさい。」

二人は顔見あわせ、やがて竹一がいった。

「つぎのバスで帰るんです。あと十分か十五分ぐらいだから、あがられんのです。」

「あらそう。そのつぎのにしたら？」

「そしたら、岬へつくのが暗くなる。」

磯吉がきっぱりいった。どうやら道々そういう相談をしたらしい。

「あ、そうか。じゃあまってて。先生おくっていくから、歩きながら話しましょう。」

いそいで髪をなおしながら、

「竹一さん、中学いつから？」

「あさってです。」

その態度はもう、中学生だぞといわんばかりで、手には新らしい帽子（ぼうし）をもってい

た。磯吉のほうも見なれぬ鳥打帽を右手にもち、手織り縞の着物の膝のところを行儀ぎよくおさえていた。

「磯吉さん、きのう学校休んだの？」

「いいえ、ぼくもう、学校へいかんのです。」

そして磯吉はきゅうにしゃちこばり、

「先生、ながながお世話になりました。そんなら、ごきげんよろしゅ。」

膝をまげておじぎをした。

「あら、まだよ。いま、いっしょにいきますよ。」

泣き笑いしそうになるのをこらえながら、つれだって出かけた。バスの乗場までは六分かかる。まん中になって歩きだすと、磯吉はすっぽりと頭を匂んだ大きな鳥打帽の下から小さな顔をあおのけ、

「先生、ぼく、あしたの晩、大阪へ奉公にいきます。学校は主人が夜学へやってくれます。」

「あらま、ちっとも知らなかった。きゅうにきまったの？」

「はい。」

「何屋さん？」

「質屋です。」

「おやまあ、あんた質屋さんになるの?」
「いえ、質屋の番頭です。兵隊までつとめたら、番頭になれるといいました。」
さっきから磯吉はずっと、よそゆきのことばで固くなっている。それをほぐすように、
「いい番頭さんになりなさいね。ときどき先生にお手紙くださいね。きのう、小ッやんに写真ことづけたでしょ。あのときのこと思いだして。」
竹一も磯吉も笑った。
「これ、おせんべつ、はがきと切手なの。」
もらいものの切手帖とはがきを新らしいタオルにそえて包んだのを磯吉に渡し、
竹一にはノート二冊と鉛筆一ダースを祝った。
「藪入りなんかでもどったときには、きっといらっしゃいね。先生、みんなの大きくなるのが見たいんだから。なんしろ、あんたたちは先生の教えはじめの、そして教えじまいの生徒だもん。仲よくしましょうね。」
「はい。」
磯吉だけが返事をした。
「竹一さんもよ。」
「はい。」

村のはずれの曲り角にバスの姿が見えると、磯吉はもういちど帽子をとっていった。

「せんせ、ながながお世話になりました。そんなら、ごきげんよろしゅ。」

いかにも、それは鸚鵡（おうむ）のようなぎごちなさだった。大人ものらしい鳥打帽は漫画（まんが）のこどものようではあったが、似合っていた。新らしい学生帽と二つならんで、バスのうしろの窓から手をふっていた二人を、見えなくなるまでおくると、ゆっくりと海べにおりてみた。静かな内海（うちうみ）をへだてて、細長い岬の村はいつものとおり横たわっている。そこに人の子は育ち、羽ばたいている。

——ながながお世話になりました。そんならごきげんよろしゅ……

岬にむかってつぶやいてみた。それはおかしさとかなしさと、あたたかさが同時にこみあげてくるような、そしてもっと含蓄（がんちく）のあることばであった。

　　八　七重八重

　春とはいえ、寒さはまだ朝の空気の中に、鎌（かま）いたちのようなするどさでひそんでいて、日かげにいると足もとからふるえあがってくる。

K町のバスの停留所には、この早いのにもう用たしをすましてきた客が二人、下りバスをまっていた。六十を二つ三つすぎたらしく見えるおじいさんと、三十前後の女客と。
「ううっ　さぶい！」
　思わず出たうめき声のようにつぶやくおじいさんに、
「ほんとに。」
と、女客は話しかけられもしないのに同意した。寒さは人間の心を寄りあわせるらしく、どちらからとなく親しさをみせあった。
「ほんとに、いつまでも寒いことですな。」
「そうです。もう彼岸じゃというのに。」
　話しかけた若い女は、四角い包みを胸にかかえこむようにしながら、おじいさんの、むき出しのまま片腕にひっかけている粗末なランドセルに、親しいまなざしをおくり、
「お孫さんのですか？」
「はいな。」
「わたしも、息子のを買うてきました。」
　胸の包みを見やりながら、

「今日売りだすというのを聞いて一番のバスで出かけたんですけど、昔のような品はもう一つもありませんなんだ。こんな紙のじゃあ、一年こっきりでしょう。」
おたがいの品物をなげくようにいうと、そうだというようにおじいさんは首をふり、
「ヤミなら、なんぼでもあるといな。」
そして、はっはっと笑った。奥歯のないらしい口の中がまっくらに見えた。女は目をそらしながら、
「きょう日のように、なんでもかでもヤミヤミと、学校のカバンまでヤミじゃあ、こまりますな。」
「銭さえありゃあなんでもかでもあるそうな。甘いぜんざいでも、ようかんでも、あるとこにゃ山のようにあるそうな。」
そういって歯のない口もとから、ほんとによだれをこぼしかかりたところは、甘党らしい。口もとを手のひらでなでながら、てれかくしのように、向こう側をあごでしゃくり、
「ねえさん、あっちで待とうじゃないか。日向だけはタダじゃ。」
そういってさっさと反対側乗場のほうへ道を横ぎった。ねえさんと呼ばれて思わずにやりとしながら、女客もあとを追った。──ねえさん、か。と女客は心の中で

いってみて、背の高いおじいさんをふりあおぎ、笑いながらたずねた。
「おじいさん、どちらですか？」
「わしか。わしゃ岩が鼻でさ。」
「そうですか。わたしは一本松。」
「ああ一本松なあ。あっこにゃ、わしの船乗り朋輩があってな。もうとうの昔に死んだけんど、大石嘉吉という名前じゃが、あんたらもう、知るまい。」
それをきいたとたんに、女客はとびあがるほどおどろいて、
「あら、それ、わたしの父ですが。」
こんどは、おじいさんが、ひらきなおるようなかっこうで、
「ほう、こいつはめずらしい。そうかいな。今ごろ嘉吉つぁんの娘さんにあうとはなあ。そういや似たとこがある。」
「そうですか。父はわたしが三つのとき死にましたから、なんにもおぼえとりませんけど、小父さん、いつごろ父といっしょでしたの？」
おじいさんを小父さんとあらためて呼んだのも、生きていれば父もこのくらいの年配かと思ったからだ。
いうまでもなく、大石先生の、あれから八年目の姿である。船乗りの妻としてすごした八年間には、腹をたてて教職をひいたあの時とはくらべることもできないほ

ど、世の中はいっそうはげしく変わっていた。日華事変がおこり、日独伊防共協定がむすばれ、国民精神総動員という名でおこなわれた運動は、寝言にも国の政治に口を出してはならぬことを感じさせた。戦争だけを信じ、身も心も戦争の中へ投げこめと教えた。そしてそのように従わされた、戦争だけを信ずるの底へかくして、そしらぬ顔をしていないかぎり、世渡りはできなかった。そんななかで大石先生は三人の子の母となっていた。長男の大吉、二男の並木、末っ子の八津。すっかり世の常の母親になっている証拠に、ねえさんとよばれた。だがよく見ると、目のかがやきの奥に、ただのねえさんでないものがかくれている。
「小父さん、もしよろしかったら、お茶でものみませんか。」
停留所のわきの茶店をさしていった。この年よりから、父親をかぎだそうとしたのである。しかし年よりは、がんこに首をふり、
「いや、もうすぐにバスが来まっそ。ここでよろしいわい。」
年よりのほうもなんとなく、あらたまった態度を見せていた。
「それで、嘉吉つぁんの嫁さんは、おたっしゃかな。」
「はあ、おかげさまで。」
と、いったが、年とった母が、嫁さんと呼ばれたことで思わず笑顔になった。帰ればまずそれを母にいおうと思った。ちょうど上りバスが警笛とともに近づいてきた。

上り客でないことをしめすように、急いで標識からはなれたが、バスは止まった。茶店の軒下(のきした)に立って、おりる客の顔を、見るともなく見ていた。ほとんどみな、ここでおりるかと思うばかりで、つぎからつぎへと出口にあらわれる若い顔をみているうち、ふと思いだしたのは、今日この町の公会堂で徴兵検査(ちょうへい)がとりおこなわれることだった。ああ、それかと思いながら、若さにみちた個々の顔につぎからつぎへと目をうつしていた。

「あっ、小石先生！」

思わずとびあがるほどの大声だった。ほとんど同時に先生も叫(さけ)んだ。さそわれるような大声で、

「あらっ、仁太さん！」

そして、あとからあとからつづいて出てくる顔に向かって、

「あら あら あら みんないるの、まあ。」

仁太につづいて磯吉、竹一、正、吉次と、かつての岬(みさき)の少年たちはみんなそろった。

「先生、しばらくです。」

東京の大学をあと一年という竹一は、細長くなった顔を、いかにも都会の風に吹かれてきたというようなようすで、まっさきにあいさつした。つづいて神戸(こうべ)の造船

所ではたらいている正が、これはいかにも労働者らしく鍛えられた面魂ながら、人のよい笑顔で頭をさげ、きまりわるげに耳のうしろをかいた。まっていたように磯吉が前に出てきて、
「先生、ごぶさたいたしまして。」
少し心配なほど青白い顔に、じょさいない笑いを浮かべた。どこへもゆかずに岬の村で山伐りや漁師をしている吉次は、あいかわらず借り猫のようなおとなしさで、みんなのうしろに控え、水ばなをすすりあげながらだまって頭をさげた。仁太ばかりはれいのとおりの無遠慮さで、あいさつぬきだった。彼は父親を手つだって石けん製造をしているという。経済的にはいちばんゆとりがあるらしい仁太は、新調の国民服をきていた。
「先生、こないだ富士子に会うた、富士子に。」
じまんらしく富士子をかさねていう。しかし先生はわざとそれに乗らず、とりまかれた青年の姿をあおぐようにして眺めまわした。八年の歳月は、小さな少年を見あげるばかりのたくましさに育てている。
「そう、検査だったの。もうね。」
涙のしぜんとにじみだす目に五人の姿はぼやけた。いつまでそりもしておられぬと気づくと、きゅうに昔の先生ぶりにもどり、

「さ、いってらっしゃい。そのうち、みんなで一度、先生とこへきてくれない。」

それでいかにも男の子らしくあっさりと離れてゆくうしろ姿を、さまざまの思いで見おくりながら、久しぶりにじぶんの口で「先生」といったのが、なんとなく新鮮な感じで、うれしかった。

ふりかえると、年よりは茶店の横の日だまりに塵をよけてまっていた。日あたりのよい生垣（いけがき）の一か所に蕾（つぼみ）をつけた山吹（やまぶき）がむらがり、細い枝は蕾の重さでしなっている。その一枝を無造作に折りとり、年よりもまた若者たちを見おくりながら、小さい声で、

「えらいこっちゃ。あやってにこにこしよる若いもんを、わざわざ鉄砲（てっぽう）の玉の的にするんじゃもんなあ。」

「ほんとに。」

「こんなこと、大きい声じゃいうこともできん。いうたらこれじゃ。」

ランドセルをもったまま両手をうしろにまわし、さらに小声で、

「ほれ、治安維持法（ちあんいじほう）じゃ、ぶちこまれる。」

歯のない口にきゅうに奥歯がはえたような気がするほど若がえった口調だった。彼女はよく知らない。ただ『草の実』の稲川先生が、その治安維持法というものを、治安維持法という法律に違反した行動のために、牢獄（ろうごく）につながれ、まもなく出て

きてからも復職はおろか、正当なあつかいもうけていないということだけが、その法律とつないで考えられた。稲川先生の母親は、まるで気ちがいのように息子をかばい、今では彼が前非を悔いあらためていると、会う人ごとに吹聴してまわるのにいそがしいという噂を聞いた。どこまでがほんとうなのか、ただ稲川先生はひとり養鶏をしながら世間ばなれの生活をしていた。彼が世間をはなれたのではなく、世間が彼をよせつけないのだ。彼の卵は、毒でもはいっているかのようにきらわれ、ひところは買手もなかった。時代は人を三匹の猿にならえと強いるのだ。口をふさぎ、目をつむり、耳をおさえていればよいというのだ。ところが今、目の前にいる年よりは目や耳をふたした猿の手をはぎとるようなことをいうのだ。朋輩の娘だとはいえ、はじめて会った女に、なぜ心の奥を見せるようなことをいうのだろうか。

半分は警戒心もおきて、彼女は、それとなく話題をそらせた。

「ところで小父さん、わたしの父とは、いつごろの朋輩でしたの？」

にこっと笑った年よりはまた奥歯のないもとの表情にもどり、

「そうよなあ、十八か、九かな。二人とも大望をもってな。あわよくば外国船に乗りこんで、メリケンへ渡ろうというんじゃ。シアトルにでも行ったとき、海にとびこんで泳ぎ渡ろうという算段よ。」

「まあ。でも、昔はよくあったそうですね。」

「あったとも。メリケンで一もうけしてというんじゃが、じつをいうと、徴兵がいやでなあ。——今ならこれじゃ。」

また手をうしろにまわして笑った。

「とうとう目的成就しなかったわけですか？」

「そういうわけじゃ。もっともそのころは、船に乗っとりさえしたら兵隊には行かいでもすんだからな。そのうち二人とも船乗りがすきになってな。同じ船乗りなら免状もちになろうというんで、これでも勉強したもんじゃ。学校へ行っとらんもんで、わしらは五年がかりでやっと乙一の運転手になったなあ。嘉吉つぁんのほうが一年はよう試験に通ってな、わしも、なにくそと思うて、あくる年にとったのに——。」

そのとき朋輩は難船して行方不明となり、ついによろこんでもらえなかったというのだ。父の妻としての母からきくのとはちがった父の姿、涙どころか微笑さえ浮かんで想像される若い日の父の姿、語る人の親愛感からであろうか、父ははつらつとした好もしい青年であったと知った。その父が徴兵をきらったということは初耳である。それについて一言もしない母は、父からそれをきかなかったのであろうか。みようと考えながら、話はつきなかった。

「そして小父さん、いつごろまで船に乗っておいでたん？」
「十年ほどまえよ。ようやっとこんまい船の船長になってな。——息子は学校へやって苦労させずに船乗りにしてやろうと思うたら、船乗りはいやじゃときやがる。商業学校にやって、銀行の支店に出とったけんど、とられて、死んだ」
「とられてって、戦争ですか？」
「そいな。」
「まあ。」
「ノモハンでさあ。これは、そいつのせがれので。」
ランドセルは年よりの手で強くふられ、中のボール紙がかさこそと音を立てた。
——おたがいに、せがれをもつものは心配の種ですね。といおうとしてのみこんだ。
バスでは客がたてこんでいて並ぶことはできなかった。
大石先生は、じっと目をつぶっていた。思いだすのは、いまのさっき別れた教え子のうしろ姿である。けものの子のこのごろ、うしろの正面に席をとって、ばだかにされて検査官の前に立つ若者たち。じじやばばの兵隊墓に白木の墓標がふえるばかりの素っ裸にされて検査官の前に立つ若者たちはそれを、若者たちはそれを、ほかの墓よりも関心をもってはならない。いや、そうではない。大きな関心をよせてほめたたえ、そこへつづくことを名誉とせねばならないのだ。なんのために竹一は勉強し、だれのために磯吉は商人になろうとしているのか。子どものころ下士官を志望

した正は、軍艦と墓場をむすびつけて考えているだろうか。にこやかな表情の裏がわを見せてはならぬ心ゆるせぬ時世を、仁太ばかりはのんきそうに大声をあげていたが、仁太だとて、その心の奥に何もないとはいえない。

あんな小さな岬の村からへやられたこととだけはまちがいないのだ。無事で帰ってくるものは幾人あるだろう。——もう一人人的資源をつくってこい……そういって一週間の休暇を出す軍隊というところ、あんじてはならないのだ。男も女も子どもの将来が、たとえ白木の墓標につづこうとも、ということだろうとも。どうしてものがれることのできない男のたどる道。そして女はどうなるのか。あの組の七人の女の子のなかで、ミサ子ひとりは苦労をしていなかった。ミドリ学園から東京の花嫁学校にはいり、在学中に養子をむかえてすぐ子どもをうんだ。苦労の多い時代に、これは別格である。風の強い冬の日に、ひとり日光室で日向ぼっこをしているような存在である。

そこへゆくと歌のすきなマスノは、きりきり舞いをするような苦労をした。歌いたいために有頂天になり、親にそむいて幾度か家出をした。無断で応じた地方新聞のコンクールに一等入選し、それが新聞に出たときが家出のはじめだった。そのたびにさがしだされ、連れもどされては、また出る。いつも歌がもとだった。歌

をうたい歌のじょうずな娘が、なぜ歌をうたってはいけないのだろう。三度目の家出のとき、彼女は芸者になって出ようとしていたという。つれにいった母親に
彼女は泣いてしがみつき、
「三味線なら、きこえるというたじゃないかあ。」
彼女の音楽へのはけ口はいつのまにか三味線のほうへ流れていっていたのだ。しかし、彼女の親たちは、そのよしあしはともかくとして、わが身は料理屋で芸者と近づきながら、娘を芸者にするわけにはゆかなかった。マスノは今、その家出中に知りあった年とった男と結婚し、ようやく落ちつきをみせていた。今ではもう、年とった母にかわって、料理屋をきりもりしているという。たまに道で出あうと、なつかしがってとびついてき、
「せんせ、わたし、いつも先生のこと、あいたくてェ。」
涙までためてよろこぶ子どもっぽいしぐさなのに、じみ作りな彼女は二十歳やそこらとは見えなかった。

高等科へもすすめず、嫁にもらわれることを将来の目的として女中奉公に出たコトエはどうなったであろうか。彼女は嫁にもらい手がつくまえに、病気になって帰ってきた。肺病であった。骨と皮にやせて、ただひとり物置に寝ていると聞いてから、だいぶたつ。

高等科に進めなかったもうひとりの富士子については、いやな噂がたっていた。仁太が、富士子に会うた、というのは、遊び女としての富士子との出あいにちがいなかった。仁太の顔にあらわれたものでそうとさとって、わざときかえさなかったが、噂はとうの昔に小ツルから聞いていた。富士子は親に売られたというのだ。家具や衣類と同じように、今日の一家のいのちをつなぐために、富士子は売りはわれたのだ。はたらくということを知らずに育った彼女が、たとえいやしい商売女にしろ、売られてそこではじめて人生というものを知ったとしたら、それは富士子のためによろこばねばなるまい。しかし人は富士子をさげすみ、おもしろおかしく噂をした。

今ではもう人の記憶から消えさったかに見える松江といい、今また富士子といい、どうして彼女たちがわらわれねばならないのか。しかし、大石先生の心の中でだけは、彼女たちも昔どおりにあたわれ、あたためられていた。

──マッちゃんどうしてる？　富士子さんどうしてる？　ほんとにどうしてる？

……

ときどき先生は呼びかけていた。

まっとうな道とはどうしても思えぬ富士子たちにくらべると、小ツルや早苗は健康そのものにみえた。優秀な成績で師範を出た早苗は、母校にのこる栄誉を得てそ

の瞳はますますかがやき、大阪の産婆学校を、これも優等で卒業した小ツルとは、大石先生を郷里に帰るのをまん中にしての仲よしになっていた。実地の勉強をかさねたうえで、小ツルは郷里に帰るのが目的であった。わざとかうっかりか、手紙の宛名を大石小石先生と書いてきたりするのだが、人間の成長の過程のおもしろさは、母の予言どおりおしゃべりの小ツルを幾分控え目に、無口な早苗をてきぱき屋に育てていた。

二人はすくなくも年に二度、さそいあっておとずれてくる。たいてい夏の休暇と正月で、もってくる土産も同じだった。二人とも同じものというのではない。大阪の小ツルは粟おこしだし、早苗は高松で瓦せんべいときまっていた。午ごろで、ますます太る一方の小ツルの目は、全く糸のように細くなっていた。どちらかといえばきつい彼女の性格は、この目でやわらげられ、えへ、と笑うと、こちらもいっしょに声をあげて笑いたくなった。えへ、というとき、あとヘドサン（十産）といって土産をおくのが小ツルのくせであった。

あるとき小ツルはいった。
「いつも同じドサンで芸がなさすぎると思うことありますけどね、じぶんの子どものときのこと思うと、このドサンでとびとびするほどうれしかったから」
早苗も同じように瓦せんべいの包みをさし出し、
「阿呆の一つおぼえということがありますからね。」

大吉はドサンの姉ちゃんとよんで歓迎し、その日は、一日笑いくらして別れるのがおきまりになっていた。それらのドサンも戦争がながびくにつれ、手に入りにくくなったらしく、昨今は商売物らしいガーゼをくれたり、まだ学校でもない大吉のためにもってきたりするようになった。ようやく学齢にたっした大吉のためにランドセルを買いにいっての帰り、早苗のほうはノートや鉛筆を、まだ学校でもない大吉のためにもってきたりするようになった。ようやく学齢にたっした大吉のためにランドセルを買いにいっての帰り、はからずも出あった教え子に刺激されてか、もろもろの思い出は胸にあふれた。

一本松でございます。お降りの方は……

車掌の声に思わず立ちあがり、あわてて車内を走った。例の年よりに会釈もそこそこ、ステップに足をおろすと、いきなり大吉の声だった。

「母ちゃん。」

濁りにそまぬかん高いその声は、すべての雑念をかなたに押しやってしまおうとする。

「母ちゃん。」

「母ちゃん、ぼくもう、さっきからむかえにきとったん。」

いつもならば、ひとりでに笑えてくる、きれいにすんだその声が、今日は少ししかなしかった。笑ってみせると大吉はすぐ甘えかかり、

「母ちゃん、なかなか、もどらんさかい、ぼく泣きそうになった。」

「そうかい。」

「もう泣くかと思ったら、ブブーって鳴って、みたら母ちゃんが見えたん。手えふって、母ちゃんこっち見ないんだもん。」
「そうかい。ごめん。母ちゃんうっかりしとった。大方、一本松忘れし、つっ走るとこじゃった。」
「ふーん。なにうっかりしとったん？」
それには答えず包みを渡すと、それが目的だといわぬばかりに、
「わあ、これ、ランドセルウ？　ちっちゃいな。」
「ちっちゃくないよ。しょってごらん。」
ちょうどよかった。むしろ大きいぐらいだった。大吉はひとりでかけだした。
「おばあ、ちゃーん、ランドセルウ。」
すっとんでゆきながら足もとのもどかしさを口に助けてもらうかのように、ゆく手のわが家へむかって叫んだ。
肩をふって走ってゆくそのうしろ姿には、無心に明日へのびようとするけんめいさが感じられる。その可憐なうしろ姿の行く手にまちうけているものが、やはり戦争でしかないとすれば、人はなんのために子をうみ、愛し、育てるのだろう。砲弾にうたれ、裂けてくだけて散る人の命というものを、惜しみ悲しみ止どめることが、どうして、してはならないことなのだろう。治安を維持するとは、人の命を惜しみ

まもることではなく、人間の精神の自由をさえ、しばるというのか……。走りさる大吉のうしろ姿は、竹一や仁太や、正や吉次や、そしてあのとき同じバスをおりて公会堂へと歩いていった大ぜいの若者たちのうしろ姿にかさなりひろがってゆくように思えて、めいった。今年小学校にあがるばかりの子の母でさえそれなのにと思うと、何十万何百万の日本の母たちの心というものが、どこかのはきだめに、ちりあくたのように捨てられ、マッチ一本で灰にされているような思いがした。

　お馬にのったへいたいさん
　てっぽうかついであるいてる
　トットコ　トットコあるいてる
　へいたいさんは　大すきだ

気ばりすぎて調子っぱずれになった歌が家の中から聞こえてくる。敷居をまたぐと、ランドセルの大吉を先頭に、並木と八津がしたがって、家中をぐるぐるまわっていた。孫のそんな姿を、ただうれしそうに見ている母に、なんとなくあてつけがましく、大石先生はふきげんにいった。

「ああ、ああ、みんな兵隊すきなんだね。ほんとに。おばあちゃんにはわからんのかしら。男の子がないから。——でも、そんなこっちゃないと思う……」
 そして、
「大吉ィ！」と、きつい声でよんだ。口の中をかわかしたような顔をして大吉は突っ立ち、きょとんとしている。ハタキと羽子板を鉄砲にしている並木と八津がやめずに歌いつづけ、走りまわっているなかで、大吉のふしんがっている気持をうずめてやるように、いきなり背中に手をまわすと、ランドセルはロボットのような感触し、しかし急激なよろこびで動いた。長男のゆえにめったにうけることのない母の愛撫は、満六歳の男の子を勝利感に酔わせた。にこっと笑って何かいおうとすると、並木と八津に見つかった。
「わあっ。」
 押しよせてくるのを、同じようにわあっと叫びかえしながら、ひっくるめてかかえこみ、
「こんな、かわいい やつどもを、どうして ころして よいものか わああっ。」
 調子をとってゆさぶると、三つの口は同じように、わあっ わああ わああっ わ と合わせた。
 そこにどんな気持がひそんでいるかを知るにはあまりに幼い子どもたちだった。

春の徴兵適齢者たちは、報告書と照らしあわされて、品評会の菜っ葉や大根のようにその場で兵種がきめられ、やがて年の瀬がせまるころ、カンコの声におくられて入営するのが古いころからの慣わしであった。しかし、日ごとにひろがってゆく戦線の逼迫は、そのわずかな時間的ゆとりさえもなくなり、入営はすぐに戦線につながっていた。船着場の桟橋に建てられたアーチは、歓送迎門の額をかかげたまま、緑の杉の葉は焦茶色に変わってしまった。歓送歓迎のどよめきは年中たえまなく、そのすきまを声なき「凱旋兵士」の四角な、白い姿もまた潮風とともにこのアーチをくぐってもどってきた。

日本じゅう、いたるところに建てられたこの緑の門を、数えきれぬほどたくさんの若者たちがくぐりつづけて、やむことを知らぬような昭和十六年、戦線が太平洋にひろがったことで、カンコの声はいっそうはげしくなるばかりだった。天皇の名によって宣戦布告された十二月八日のそのずっとまえに、その年の入営者である仁太や吉次や磯吉たちは、もうすでに村にはいなかった。出発の日、いくばくかの餞別にそえて大石先生は、かつての日の写真をハガキ大に再製してもらっておくった。もう原板はなくなっていたので、よろこばれた。

「からだを、大事にしてね。」

竹一のほかはみなななくしていたので、よろこばれた。

そして、いちだんと声をひそめ、
「名誉の戦死など、しなさんな。生きてもどってくるのよ。」
　すると、聞いたものはまるで写真の昔にもどったような素直さになり、磯吉などひそかに涙ぐんでいた。竹一はそっと横を向いて頭をさげた。古次はだまってうつむいた。正はかげのある笑顔をみせてうなずいた。仁太がひとり声に出して、
「先生だいじょうぶ、勝ってもどってくる。」
　それとて、仁太としてはひそめた声で「もどってくる」というのをためらいをはばかるようにいった。もどるなどということは、もう考えてはならなくなっていたのだ。仁太はしかし、ほんとうにそう思っていたのだろうか。まっ正直な彼には、おていさいや、ことばのふくみは通用しなかったからだ。仁太だとて命の惜しさについては、人後におちるはずがない。それを仁太ほど正直にいったものは、なかったかもしれぬ。彼はかつての日、徴兵検査の係官の前で、甲種合格！　と宣言されたせつな、思わず叫んだという。
「しもたァ！」
　みんなが吹きだし、噂はその日のうちにひろまった。しかし仁太は、ふしぎとビンタもくわなかったという。仁太のその間髪をいれぬことばは、あまりにも非常識だったために、係官に正当に聞こえなかったとしたら、思ったことをそのとおりい

った仁太はよほどの果報者だ。みんなにかわって溜飲をさげたようなこの事件は、近ごろの珍談として大石先生の耳にもはいった。

その仁太は、ほんとに勝ってもどれると思ったのだろうか。

ともあれ、出ていったまま一本のたよりもなく、その翌年も半ばをすぎた。ミッドウェーの海戦は、海ぞいの村の人たちをことばのない不安とあきらめのうちに追いこんで、ひそかに「お百度」をふむ母などを出した。仁太や正は海軍に配置されていた。平時ならば微笑でしか思いだせない仁太の水兵も、いったまま便りがなかった。

仁太はいま、どこであの愛すべき大声をあげているだろうか——。

ひとりを思うとき、かならずつづいて思いだすのは、いつもあのK町のバスの停留所で見た若者たちである。笑うと口の奥がくらく見えた年よりのことである。春寒むの道ばたに、ただの日光をうけて蕾をふくらませていた山吹である。そして、さらにさらに大きなかげで包んでしまうのは、いつのまにか軍用船となって、どこの海を走っているかさえ分からぬ大吉たちの父親のことである。その不安を語りあうさえゆるされぬ軍国の妻や母たち、じぶんだけではないというのだろうか。じぶんだけではないということで、人間の生活はこわされてもよいというのだろうか。もしも声をそろえたら。ああ、そんな活はこわされてもよいというのだろうか。もしも声をそろえたら。ああ、そんなげすてさせられているたくさんの人たちが、もしも声をそろえたら。ああ、そんな

ことができるものか。たったひとりで口に出しても、あの奥歯のない牛よりがいったように、うしろに手がまわる。

ただの日光をうけて、春寒むの道ばたにふくらむ山吹は、それでも、花だけは咲かせたろうに。……

九　泣きみそ先生

海も空も地の上も戦火から解放された終戦翌年の四月四日、この日朝はやく、一本松の村をこぎだした一隻の伝馬船は、紺がすりのモンペ姿のひとりのやせて年とった小さな女を乗せて岬のほうへ進んでいった。静かな海に靄はふかくたちこめていて、岬の村は夢のなかに浮かんでいるようにみえたが、やがてのぼりはじめた太陽に醒まされるように、その細長い姿を、しだいにくっきりと、あらわしはじめた。

「あ、ようやっと晴れだした。」

まだ十二三と見える船頭は、小さなからだ全体を動かして櫓を押しすすめながら、まだ遠い岬の村に眺めいった。目ばかりかがやいているようなその男の子に、同じように岬の村に目を見はっていた女は、いとおしむような声で話しかけた。

「岬、はじめてかい、大吉？」

みかけによらず、若い声である。

「うん、岬なんぞ、用がなかったもん。」

ふりかえりもせずに答えた。

「そうじゃな。お母さんでさえ、ずっとくることなかったもんなあ。岬というとこは、そんなとこじゃ。あれから十八年！　ほう、ふた昔になる。お母さんも年よせたはずかいな。」

なんとそれは、大石先生の、ひさしぶりの声と姿である。今日、彼女は十三年ぶりの教職にかえり、しかも今、ふたたび岬の村へ赴任するところなのだ。まえには自転車に乗ってさっそうとかよっていた先生も、今ではそんな若さがなくなったのであろうか。ところが、そうばかりではなかったのだ。戦争は自転車までも国民の生活からうばいさって、敗戦後半年のいま、自転車は買うに買えなかった。岬へ赴任ときまったとき、はたと当惑したのはそれだった。途中まであったバスさえも、戦争中になくなったまま、いまだに開通していない。昔でさえも、からだのつづくはずがなかった八キロの道は、歩いてかようしかなかった。とうてい、自転車でかよいとかんがえて、母子三人岬へ移ろうかといいだしたとき、一言で反対したのが大吉だった。船でおくり迎えをするというのだ。船だとて借りるとすれば、相当の礼

もしなければならない。

「雨がふったら、どうする?」

「そしたら、お父さんの合羽きる。」

「風の強い日は、こまるでないか。」

「…………」

「あ、心配しなさんな。風の日は歩いていくよ。」

返事につまった大吉を、いそいで助けたものだ。あしたはあしたの風が吹く。あしたのことまで考えてはいられなかった永い年月は、雨や風ぐらいでへこたれぬことだけは、教えてくれた。戦争は六人の家族を三人にしてしまっけれど、だからなお、残った三人はどうでも生きねばならないのだ。大吉は六年生になっている。並木は四年だった。出がけに渚に立って母の初出勤を見おくってくれた並木も、もうそろそろ学校へ出かける時分だと思って一本松をふりかえった。久しぶりに沖からながめる一本松も、昔のままに見える。なんの変化も見られぬその村にさえ、大きな変化をきたした戦争の果ての敗戦。

「大吉、つかれないかい。手に豆ができるかもしれんな。」

「豆ができたって、すぐにかたまらァ ぼく、平気だ。」

「ありがたいな。でも、あしたからもっと早目に出かけようか。」

「どうして？」
「先生の息子が、毎日ちこくじゃあ、なにがなんでもふがわるい。そのうちお母さんも、また自転車を手にいれる算段するけども」
「へっちゃらだあ。ちゃんと理由があると、叱られんもん。船で、おくったげる。ゆっくりと、櫓についてからだを前後に動かしながら、得意の顔で笑った。
「うまいな、櫓押すの。やっぱり海べの子じゃな。いつのまにおぼえたん」
「ひとりで、おぼえるもん。六年生なら、だれじゃって押せる」
「そうかね。お母さんもおぼえよかな」
「そんなこと、ぼくがおくってあげる」
「そうそう、森岡正という子がいてな、一年生なのにお母さんを舟でおくってあげるっていったことがあった。昔――。もう戦死したけど」
「ふーん。教え子？」
「そう」
ふっと涙が出た。生きていれば、もうよい若者になったろうと、五年前、桟橋で別れたきりの正を思いだし、それが幼い日のおもかげとかさなって浮かんできたあれきりついに会うことのなかった正。そしてもう永久に会うことのできなくなった教え子たち。はげしい戦いにたおれた今、幾人がふたたび故郷の土をふみ、ふた

たび会えるかと思うと、心は暗くしずむ。

悪夢のように過ぎたこの五年間は、大石先生をも人なみのいたみと苦痛のすえに、小さな息子にいたわられながら、このへんぴな村へ赴任してこなければならぬ境遇に追いこんでいた。わが身に職のあることを、はじめて彼女は身にしみてありがたがった。教え子の早苗にすすめられて願書は出してみたものの、着てゆく着物さえもないほど、生活は窮迫の底をついていた。不如意な日々の暮しは人を老いさせ、彼女もまた四十という年よりも七八つもふけて見える。五十といっても、だれが疑がおう。

いっさいの人間らしさを犠牲にして人びとは生き、そして死んでいった。おどろきに見はった目はなかなかに閉じられず、閉じればまなじりを流れてやまぬ涙をかくして、何ものかに追いまわされているような毎日だった。しかも人間はそのことにさえいつしかなれてしまって、立ちどまり、ふりかえることを忘れ、心の奥までざらざらに荒らされたのだ。荒れまいとすれば、それは生きることをこばむことにさえなった。そのあわただしさは、戦いの終った今日からまだ明日へもつづいていることを思わせた。戦争はけっして終ったとは思えぬことが多かった。原爆の残虐さが、そのことばとしての意味だけで伝えられてはいたが、まだほんとうの惨状を知らされていなかったあの年の八月十五日、ラジオの放送を聞くため

に学校へ召集された国民学校五年生の大吉は、敗戦の責任を小さなじぶんの肩にしょわされでもしたように、しょげかえって、うつむきがちに帰ってきた。

あれからたった半年、今日の目の前に櫓をこぐ可憐な姿は、深い感慨をそそるものがある。時代に順応する子どもというもの。半年前の彼のことを、いえば今は恥ずかしがる大吉を知っている。口には出さず、ひとり思いだすだけである。あの日、しょげている大吉なのを引ったてててやるように笑顔で肩をだいてやり、「なにをしょげてるんだよ。これからこそ子どもらしく勉強できるんじゃないか。さ、ごはんにしよ。」

だが、いつもなら大さわぎの食卓を見向きもせずに大吉はいったのだ。

「お母さん、戦争、まけたんで。ラジオ聞かなんだん？」

彼は声まで悲壮にくもらしていった。

「聞いたよ。でも、とにかく戦争がすんでよかったじゃないの。」

「まけても。」

「うん、まけても。もうこれから戦死する人はないもの。生きてる人はもどってくる。」

「一億玉砕でなかって！」

「そう。なかって、よかったな。」

「お母さん、泣かんの、まけても?」
「うん。」
「お母さんはうれしいん?」
なじるようにいった。
「バカいわんと! 大吉はどうなんじゃい。うちのお父さんは戦死したんじゃないか。もうもどってこんのよ、大吉。」
 そのはげしい声にとびあがり、はじめて気がついたように大吉は母を見つめた。しかし彼の心の目もそれでさめたわけではなかった。彼としじは、この一大事のときに、なおかつ、ごはんを食べようといった母をなじりたかったのだ。平和の日を知らぬ大吉、生まれたその夜も防空演習でまっくらだったと聞いている。灯火管制のなかで育ち、サイレンの音になれて育ち、真夏に綿入れの頭巾をもって通学した彼には、母がどうしてこうまで戦争を憎まねばならないのか、よくのみこめていなかった。どこの家にも、だれかが戦争にいっていて、若い者ははとんどいない村、それをあたりまえのこととと考えていたのだ。学徒は動員され、女子どもも勤労奉仕に出る。あらゆる神社の境内は枯葉一枚のこさず清掃されていた。それが国民生活だと大吉たちは信じた。しかし、山へどんぐりを拾いにゆき、にがいパンを食べたことだけは、いやだった。小さな大吉の村からも幾人かの少年

航空兵が出た。
——航空兵になったら、ぜんざいが腹いっぱい食える。
かわいそうに、年端(としは)もいかぬ少年の心を、腹いっぱいのぜんざいで
兵をこころざした貧しい家の少年もいた。しかもそれで少年はもう英雄なのだ。貧
しかろうと、そうでなかろうと、そこへ心を傾けないものは非国民でさえあった時
世の動きは、親に無断で学徒兵をこころざせば、たくさんの少年志願兵
りすれば英雄の価値はいっそう高くなった。町の中学では、それが学校の栄誉となり、親たちの
なかに親に無断のひとり息子が三人も出て、それが学校の栄誉となり、親たちの
心を寒がらせた。そのとき、小さかった大吉は、じぶんの年の幼なさをなげくよう
に、
「ああ、早くぼく、中学生になりたいな。」
そして歌った。

　ナーナツ　ボタンハ　サクラニイカーリー……

人のいのちを花になぞらえて、散ることだけが若人(わこうど)の究極の目的であり、
名誉であると教えられ、信じさせられていた子どもたちである。日本じゅうの男の

子を、すくなくもその考えに近づけ、信じさせようと方向づけられた教育であった。校庭の隅で本を読む二宮金次郎までが、カンコの声でおくりだされてしまった。何百年来、朝夕を知らせ、非常を告げたお寺の鐘さえ鐘楼からおろされて戦争にいった。大吉たちがやたら悲壮がり、いのちを惜しまなくなったともやむをえなかったのかもしれぬ。しかし大吉の母は、一度もそれにさんせいはしなかった。
「なあぁ大吉、お母さんはやっぱり大吉をただの人間になってもらいたいと思うな。名誉の戦死なんて、一軒にひとりでたくさんじゃないか。死んだら、もとも子もありゃしないもん。お母さんが一生けんめいに育ててきたのに、大吉ァそない戦死したいの。お母さんが毎日なきの涙でくらしてもえいの？」
のぼせた顔にぬれ手ぬぐいをあててでもやるようにいったが、熱のはげしさはぬれ手ぬぐいではききめがなかった。かえって大吉は母をさとしでもするように、
「そしたらお母さん、靖国の母になれんじゃないか。」
これこそ君に忠であり親には孝だと信じているのだ。それでは話にならなかった。
「あああ、このうえまだ靖国の母にしたいの、このお母さんを。『靖国』は妻だけでたくさんでないか。」
しかし大吉は、そういう母をひそかに恥じてさえいたのだ。軍国の少年には面子があった。彼は母のことを極力世間にかくした。大吉にすれば、母の言動はなんと

なく気になった。ずっとまえにもこんなことがあったに、ふたたび乗船命令が出たとき、大吉がまっさきにいきおいづいて、並木たちとさわぎたてると、母は眉根をよせ、おさえた声でいった。
「なんでしょう、この子。馬鹿かしら、ひとの気もしらずに。」
そういって額をつんと指さきで押した。ひょろひょろと倒れかかった大吉は、腹を立ててむしゃぶりついてきた。しかし、母の目に涙がこぼれそうなのを見ると、さすがにしゅんとしてしまった。父は笑って大吉をなぐさめた。
「いいよ、なあ大吉。まだ八つや九つのおまえらまでがめそめそしたら、お父さんも助からんよ。さわげさわげ。」
しかし、そういわれるともう騒げなかった。すると、父は三人の子どもをいっしょくたに抱かえて、
「みんな元気で、大きくなれよ。大吉も並木も八津も。大きくなって、おばあさんやお母さんを大事にしてあげるんだよ。それまでには戦争もすむだろうさ。」
「えっ、戦争すむの。どうして?」
「こんな、病人まで引っぱりださにゃならんとこみると——。」
だが、大吉たちにはその意味はわからなかったのだ。一家そろっているということで肩身がひろかったのだ。ただ、じぶんの家でも父が戦争にゆくということが、子ど

もに肩身せまい思いをさせるほど、どこの家庭も破壊されていたわけである。戦死の公報がはいったのは、サイパンを失う少しまえだった。さすがの大吉もそのときは泣いた。肘を胸のほうにまげて、手首のところで涙をぬぐっている大吉の肩を、母は抱きよせるようにして、
「しっかりしようね大吉、ほんとにしっかりしてよ大吉。」
じぶんをもはげますようにいい、そのあと、小さな声で、どんなに父が家にいたがったかを語った。
「行ったら最後もう帰れないこと、分かってたんだもん。それなのに人吉たち、大さわぎしたろう。気のどくで、つらくてお母さん……」
しかし大吉はそのときでさえ、なぜ母はそんなことをいうのだろうと思った。父はよろこび勇んで出ていったのだといってもらいたかった。戦死は悲しいけれど、それだとて、父のない子はじぶんだけではないのに、そのことのほうをあたりまえに考えていた。となり村のある家などでは、四人あった息子が四人とも戦死して、四つの名誉のしるしはその家の門にずらりとならんでいた。大吉たちは、どんなにか尊敬の目でそれをあおぎ見たことだろう。それは一種の羨望でさえあった。
その「戦死」の二字を浮かした細長く小さな門標は、やがて大吉の家へもとどけられてきた。小さな二本の釘といっしょに状袋に入れてあるのを手のひらにあけて、

しばらくながめていた母は、そのまま状袋にもどして、火鉢の引出しにしまった。
「こんなもの、門にぶちつけて、なんのまじないになる。あほらしい。」
怒ったような顔をしてつぶやき、しょきしょきと米を搗きはじめた。米はビール瓶の中で搗くのである。病気で寝ていたおばあさんのおかゆのためで、大吉たちの口には入らなかった。防空演習でころんで、それが病みつきになったおばあさんは、もうとうていなおる見こみもなく、寝ているだけだった。ころんだのがもとで病みついたのではなく、病みついていたからころんだのだろう、と医者はいった。八十すぎて、髪もひげもまっ白なとなり村の医者は、なおる見こみのない病人のところへは、なかなかきてくれなかった。ほかにたのむ医者はなく、せめてうまいものでもと心がけたが、なかなか手にはいらないのだ。魚はありませんか。一匹のめばる、魚さえ手に入らないのだ。卵はありませんか、一つの卵に三度も五度も頭をさげねば手に入らなかった。そのために母がひとりでかけまわった。
そしてある日、名誉の門標はいつのまにか火鉢の引出しから、門の鴨居の正面に移っていた。母の留守に大吉がそこへ打ちつけたのである。小さな「名誉の門標」は、しかるべき位置に光っていた。「門標」の妻は、しばし立ちどまってそれを眺めた。ひとりの男の命とすりかえられた小さな「名誉」を。その名誉はどこの家の門口をもかざって、恥をしらぬようにふえていった。それをもっともほしがってい

たのは、幼い子どもだったのであろうか。
そうして、ついに迎えた八月十五日である。濁流が、どんな田舎の隅ずみまでも押しよせたような騒ぎの中で、大吉たちの目がようやくさめかけたとしても、どうしてそれを笑うことができよう。笑われる毛ほどの原因も子どもにはない。戦争の残飯をあさる人たちも多いなかへ、生きのこった兵隊が毎日のようにもどってきた。生きてはいてももどれぬ兵隊、永久に戻ることのない姿を消し、ふたたび行方不明になった。それで戦争の責任をのがれられでもしたかのように。
弟たちの、かつての名誉の門標は家々の門から、いっせいに姿を消し、ふたたび行方不明になった。
同じようにそれのなくなった家で、思いがけなく大吉は、妹の八津のとつぜんの死をむかえねばならなかった。おばあさんがなくなってから一年日のことである。わずか一年そこそこのうちに、三人の死を迎えたわけだった。父のように大海の泡沫のなかに消えて姿を見せない死、おばあさんのように病みほうけて枯木のようになっておれた生涯、昨日まで元気だったのが一夜のうちに夢のように消えてしまった、はかない八津の死。そのなかで八津の死はいちばんみんなを悲しませした。急性腸カタルだった。家のものにだまって、八津は青い柿の実をたべたのである。もうひと月もすればうれるのに、渋くはないということで八津はそれを食べたのである。いっしょに食べた子もあるのに、八津だけが命をうばわれた。

戦争はすんでいるけれど、八津はやっぱり戦争で殺されたのだ。——母がそういったとき、大吉はきゅうには意味がのみこめなかったが、だんだんわかってきた。近年、村の柿の木も、栗の木も、熟れるまで実がなっていたことがなかった。みんな待ちきれなかったのだ。

子どもらはいつも野に出て、茅花をたべ、いたどりをたべ、すいばをかじった。土のついたさつまをなまでたべた。みんな回虫がいるらしく、顔色がわるかった。そんななかで病気になっても村に医者はいなかった。よくきく薬もなかった。医者も薬も戦争にいっていたのだ。おばあさんの亡くなったときには、村の善法寺さんまでが出征して留守だった。近村の寺の坊さんは、戦死者でいそがしかった。終戦のちょっとまえに帰った善法寺さんは、帰るとすぐ供養にきてくれたが、今また、つづけて八津のためにお経をあげてもらうことになるなど、どうして考えられたろう。

おばあさんは死ぬまえ、菩提寺にお坊さんもいないことをくやんだが、小さな八津は坊さんのことなど考えたこともなかったろうと思うと、大吉は、声はりあげて経をよむ坊さんまでがうらめしかった。お母さんの話では、八津が生まれたときにお父さんはもう、からだのぐあいが少し悪くなりかけていて、船をおりて養生するつもりだったという。永年、世界の七つの海を渡りあるいたお父さんは、今はもう

家に帰って休みたいといい、八つ目の港をわが家にたとえて、そのとき生まれた女の子に八津という名をつけた。しかし、病気のお父さんもわが家の港に病気をやしなうことができず、希望をかけた八津もまた死んでしまった。……

ものがとぼしく、八津のなきがらをおさめる箱も、材料をもってゆかねば作れないといわれ、少しこわれかけていた昔のたんすでつくることにした。大吉は並木と二人で墓場へゆき、ジャノメ草の生活のなかから追いだされていた。花までが人間やおしろい花をとってきて八津をまつった。もとは花もたくさん作っていたという庭は、大吉たちの記憶のかぎり、大根やかぼちゃ畑で、せまい軒先にまでかぼちゃは植えられて、屋根にははわせていた。八津がなくなるとお母さんは、泣きながら軒のかぼちゃをひきちぎるようにしてぬきとった。うらなりの実が二つ四つ、長い蔓に引きずられて落ちてきた。そのなかの丸いのを盆にのせて仏壇に供えたのだった が、疫痢という噂が立って、だれもきてくれぬ通夜の枕もとにすわって、いつもの停電がすんだあと、お母さんはふと気がついたように、枕刀にした小さなゾーリンゲンの庖丁をとりあげ、いきなり、ぐさりとかぼちゃの横腹につき立てて、大吉たちをおどろかした。ゾーリンゲンはお父さんが買ってきたものだった。もしも、お母さんが笑っていなかったなら、日ごろ、こわいと教えられているゾーリンゲンである。大吉たちは悲鳴をあげたかもしれない。しかしお母さんは笑っていたのだ。

泣きはらした顔の笑顔は、ちがった人のようにも見えたが、なんでもないという目の色は大吉たちを瞬間で安心させた。
「いいもの、八津にこしらえてやろう。こんなこと、お前たち、知らないだろう。八津はとうとう知らずじまいじゃ。かぼちゃはうらなりでも食べるものと、大吉ら、そう思ってるだろう。お母さんらの子どものときは、かぼちゃのうらなりは、子どものおもちゃ。ほら、これが窓——。」
かぼちゃの横腹は四角にきりぬかれた。
「こっちは、丸窓といたしましょう。少々むつかしいな。手塩皿もってきて大吉、型をとるから。それとお盆もな。わた出すから。」
大吉と並木は目を丸くしてみていた。できたのは提灯だった。窓に紙をはり、底に釘をさすとろうそくの座もできた。配給のろうそくをともすと、いかにもそれは、八津のよろこびそうな提灯であった。悲しみを忘れて大吉はいった。
「お母さん、工作、満点じゃ。」
小さな棺ができてくると、提灯は八津の顔のそばにいれてやった。八津がもって遊んでいた貝がらや紙人形もそばにおいた。悲しみがきゅうにおしよせてきて、大吉も並木も声をあげて泣いた。おんおん泣きながら大吉は、八津がいつもほしがっていたチエノワを思いだし、かしてやらなかったじぶんの不親切をじぶんでせめな

がら、いまあらためて、それを八津にやろうと思った。胸に組みあわせた手にもたせようとしたが、冷たい手はもうそれをうけとってはくれず、チエノワはすべって棺の底に落ちた。並木も泣きながら、彼もまた八津の目にふれぬようにしまいこんであった大事な色紙をもってきて、鶴や奴や風船を折って入れた。そんなものをもって、八津は死出の旅路についたのである。

こういうことがあって、大石先生はきゅうにふけたのである。白髪さえもふえた。小さなからだはやせるとよけい小さくなり、腰でもまがると、おばあさんそっくりになった。小さいながらも大吉はどきんとし、こんどはお母さんが、どうかなるかとあんじた。人のいのちの尊さを、しみじみと味わえる年になってきた。

お母さんを大事にしてあげるんだぞ——

お父さんのことばが生きてきた。

「お母さん、薪はぼくがとってくる。」

そういって並木といっしょに山へゆく。

「お母さん、配給は、ぼく、学校の帰りにとってくるから。」

遠い配給所へゆくのも彼の役になった。並木もまけてはいられなかった。

「お母さん、水やこい、みんなぼくがくんであげる。」

涙もろくなったお母さんは、

「きゅうにまあ、二人とも親孝行になったなあ。」

これほどよとわり、いたわられている彼女が、かげに早苗の尽力があったのだ。早苗はいま、岬の本村の母校にいた。

「四十じゃあね。現職にいても老朽でやめてもらうところじゃないか。」

首をかしげる校長へ、再三頼んで、ようやく、岬ならばということで話がきまった。しかもそれは大石先生のもっている教員としての資格でではなく、校長いちぞんで採決できる助教であった。臨時教師なのだ。かわりがあれば、いつやめさせられるかもしれないのだ。早苗は、気のどくさにしおれて、それを報告した。だが、大石先生の目は、異様にかがやいたのである。

「岬なら、願ったり、かなったりよ。まえの借りがあるから。」

条件の悪さなど気にもかけず、心の底からつきあげてくるような笑顔をした。そのとき大石先生の心には、忘れていた記憶が、いまひらく花のような新鮮さでよみがえっていたのだ。

　　せんせえ　またおいでェ……
　　足がなおったら　またおいでェ……
　　やくそく　したぞォ……

あのとき、じぶんのあとへ赴任していった老朽の後藤先生と同じように、じぶんもまた人にあわれまれているとも知らず、いや、大石先生がそれを知らぬはずはなかった。しかし幼い二人の子をかかえた未亡人の彼女もまた、やはり後藤先生と同じく、よろこんで岬へゆかねばならなかったのだ。しかし彼女はいま、近づいてくる岬の村の山々の、夜気に洗われた緑のつややかさを見ると、じぶんもまた若がえってくるような気がした。昔、洋服も自転車も人にさきがけした彼女も、今では白髪まじりの髪の毛を無造作にひっつめ、夫の着物の紺がすりで作ったモンペをつけ、小さな息子に舟でおくられている。昔のおもかげを強いてさがせば、きゅうにかがやきだした瞳の色と、若々しい声であるかもしれぬ。なまいきといわれてけなされた彼女の洋服や自転車は、それがきっかけになってはやりだし、いまでは村に自転車に乗れぬ女はないほどだ。だが二十年近い歳月は、もうだれも若い日の彼女をおぼえてはいまい。

陸地がすうっとすべるように近づいたと思うと、船はもう渚ちかく寄っていた。ふなれな手つきで水棹を押す大吉と、見なれぬ大石先生に、昔どおり村の子どもはぞろぞろ集まってきた。しかし、そのどの顔にもおぼえはなかった。永い年月の衣料の不足は、質素な岬の子どもらのうえにいっそう哀れにあらわれていて、若布の衣

ようにさけたパンツをはき、そのすきまから皮膚の見える男の子もいた。笑いかけるとおびえたような目をしたり、無感動な表情のまま深い関心を見せて道をひらいた。珍しげにじろじろ見るのは昔のままであった。その好奇の目にとりかこまれながら、大石先生ははずみをつけてとびおりた。石ころ一つにさえ昔のおもかげが残っているようななつかしさ。少し船に酔ったらしく、頭がふらついた。ゆっくり歩いていると、うしろにささやく声がした。
「たいがい、せんせど、あれ。」
「ほんな、おじぎしてみるか、そしたらわかる。」
　思わずにっとした顔の前へ、ばたばたと三四人の小さな子どもが立ちふさがり、ぴょこんと頭をさげた。新学期に近づいて新入生におじぎがとり入れられたのをおに、まだ学校ではないらしい小さな子らも、まねているのであろう。会釈をかえしながら、大石先生は涙ぐんでいた。まず、幼い子らに歓迎されたような気がしてうれしかったのだ。そっと目がしらを押さえ、笑顔を見せた。あらためて見たが、すぐに思いだす顔はなかった。昔ながらの村の道を、なんと変わった人の姿であろう。とはいえ、そのなかでもっとも変わっているのがじぶんだとは、気がつかなかった。その大石先生を追いぬき追いぬき、三々五々と走ってゆく生徒たちもたえなかった。ちらりちらりと、こちらをぬすみ見しては走りさ

ってゆく。それらの姿から、わざと目をそらしたのは、見られたくないものが光ってこぼれそうだったからだ。

ひとり帰ってゆく大吉のほうへ手をふってみせてから校門をくぐった。古びてしまった校舎の、八分どおりこわれたガラス窓をみたとき、瞬間、絶望的なものが満ち潮のように押しよせてきたが、昔のままの教室に、昔どおりに机と椅子を窓べりにおき、外を見ているうちに、背骨はしゃんとしてきた。なにもかも古いこの学校へ、新らしいものがやってきはじめたからだ。古い帯芯らしい白い布で作った新らしいかばん。まん中に一本縫い目のあるらしい銘仙のふろしき。そのなかには、新聞紙を折りたたんだだけのような、表紙のないそまつな教科書がはいっているだけでも、子どもたちは希望にもえる顔をしていた。昔どおりの岬の子の表情である。十八年という歳月を昨日のことのように思い、昨日につづく今日のような錯覚にさえとらわれた。大げさな始業式もなく教室にはいると、さすがにかあっと顔に血がのぼるのを感じた。それでも、なれた態度で出席をとった。若く、はりのある声で、

「名前をよべば、大きな声でハイと返事をするのよ」と前おきをして、

「川崎覚さん。」
「ハイ。」
「加部芳男さん。」

「ハーイ。」
「元気ね。みんな、はっきりお返事ができそうですね。加部芳男さんは、加部小ッルさんのきょうだい？」
いま、返事をほめたばかりなのに、もう加部芳男はだまってかぶりをふる。名前をよばれたときでなければ、ハイとはいえないもののように。しかし先生は笑顔をくずさずに、
「岡田文吉さん。」
それは明らかに磯吉の兄の子どもとさっしられたが、盲目になって除隊された磯吉につらい兄であると聞いて、ふれずにつぎに移った。
「山本克彦さん。」
「ハイ。」
「森岡五郎さん。」
「ハイ。」
正の顔が大きく浮かんで消えた。
「片桐マコトさん。」
「ハイ。」
「あんた、コトエさんの家の子。」

マコトはぽかんとしていた。彼女は小さいときなくなった姉のことなどおぼえていなかったのだ。それでもう、古いことはきくのはやめた。西口ミサ子の娘は、勝子といった。そのほか三人の女の子のなかに、赤い新らしい洋服をきた川本千里という子どもがいた。がまんできず、休み時間のとき、それとなくきいてみた。
「ちさとさんのお父さん、大工さんね。」
すると千里さんは、松江そっくりの黒い目を見はって、
「うゝん、大工さんは、おじいさん。」
「あら、そうだったの。」
しかし彼女の学籍簿には、彼女の父は大工とあった。
「松江さんて、だあれ、姉さん?」
「うゝん、お母さん。大阪におるん。洋服おくってくれたん。」
どきんとした。そして、この組に仁太やマスノがいないことにはっとし、またそれで、さびしくもなった。仁太がいれば今ごろはもう、十人の新入生の家庭事情はさらけだされ、めいめいのよび名やあだ名までわかっているだろう。その仁太や竹一や正は、そして、磯吉や松江や富士子は、と思うと、彼らのときと同様、いちずな信頼をみせて今日新らしい門をくぐってきた十人の一年生の顔が、一本松の下に集まったことのある十二人の子どもの姿にかわった。思わず窓の外を見ると、一本

松は、昔のままの姿で立っている。そのそばに、二人の男の子が、じっと岬を見ているかもしれぬ、そんなことも知らぬげな姿である。
大石先生はそっと運動場の隅にゆき、ひそかに顔をととのえねばならなかった。そういう彼女に、早くもあだ名ができていたのを、彼女はまだ知らずにいた。岬の村に仁太はやっぱりいたのである。だれが先生の指一本の動きから目をはなそう。彼女のあだなは、泣きみそ先生であった。

十　ある晴れた日に

四月とはいってもまだ寒さの名残りは午後の浜べにみちていた。砂の上に足をなげだしていた大石先生は、思わず立ちあがって、はたはたとモンペのひざをはたいた。そのうしろ姿へ呼びかける者があった。
「先生、そんなとこで、なにしておいでですか？」
西口ミサ子であった。
「まあ、ミサ子さん。」
はでな花模様の銘仙の袷にきちんと帯つきで、あらたまったあいさつのあと、ミサ子はこれからどこかへ出かけそうなかっこうに見えた。きゅうに親しさをみせて、

「先生にお目にかかりたくて、いま、学校へゆくところでしたの。」
そういってから、もう一度あらためて腰をこごめ、
「先生、このたびはまた、ふしぎな御縁で勝子がお世話になりまして、どうぞよろしくお願いもうします」
そのゆっくりとしたものいいぶりや、ていねいなものごしは、二十年前の彼女の母親にそっくりであった。しかしミサ子のほうは、さすがにあっさりと生地をみせ、なつかしそうにいった。
「先生がまた岬へおいでるというのを聞いて、わたし、うれしくて涙が出ましたの。母子二代ですもの。こんなこと、めずらしいですわ、ほんとに。でも先生、お達者で、よろしかったこと。」
「おかげさまで。でも、みんな、いろんな苦労をくぐりましたね。」
それには答えず、あたりを見まわしながら、ミサ子は、
「先生が怪我をしたところ、ここらへんでしたかしらん？」
なつかしそうな目をしていった。
「そう、でしたね。よく思いだしてくれたこと。」
「そりゃあ忘れませんわ。ときどき思いだしては早苗さんと話していたんですもの。わたしらのクラスは、岬に学校がひらかれていらいの変わりものの寄り集まりらし

いって。ほら、あのとき、先生とこまで歩いていったりして。」
そういいながら、はるかに一本松に目をやり、ちょうど近づいてきた大吉の舟を、けげんな顔でながめた。舟はもう目の前にその姿を見せていたのだ。そのほうを、顔をふってしめしながら、大石先生は笑顔でいった。
「ミサ子さん、あれ、わたしの息子ですよ。ああして毎日、わたしを迎えにきてくれますの。」
それを聞くとミサ子は驚きを声に出し、
「まあ、そうですの。それで先生、浜においでたんですか。」
もう三日つづいている大吉の出迎えを、ミサ子はまだしらなかったのだろうか。昔からあまり人とまじわらない家風をミサ子もうけついでいるようにみえた。しかし時代の風はミサ子の家の高い土塀をも忘れずにのりこえて、彼女の夫をもさらっていったまま、まだ帰らぬ兵隊のひとりに加えていた。だが目の前に見るミサ子は、くったくのない娘のように大らかに、昔ながらの人のよい顔つきでにこにこしていた。そまつなモンペから足をぬくことができないでいる村人のなかで、彼女ひとりは大家の若奥さまなのだ。永い年月の昨日から今日につづくさまざまな苦労を、どのようにしてミサ子はくぐってきたのであろうか。終戦のときには、西口家の倉庫にも、軍の物資が天井まで積みあげてあるという噂もあったが、ほんとうかうそか

さえも分からずにすぎている。その物資でミサ子の家はふとっているという噂も聞いたが、ミサ子の顔つきには、そんな悪のかげりはみえなかった。今も彼女は大石先生と肩をならべ、大吉の舟のひとゆれごとに本気な心配をみせた。
「この風では、子どもには少し無理ですわ、先生。あ、あぶない！」
大吉の小さなからだは櫓といっしょに、海にのめりこみそうに見えたりする。そのけんめいさは、小舟とともに大吉の小さなからだにあふれていて、見ているこちらもしぜんに力んできた。おかでは寒くさえあるのに、大吉は汗みずくにちがいなかった。
「自転車は、もうお乗りになりないんですか、先生。」
ミサ子から声をかけられてもそれに耳をかすゆとりもなく、大石先生は、波にもまれる大吉を小舟もろともたぐりよせたい気持で見ていた。ミリ子はかさねて、
「雨や風の日は、舟はむりでしょう。自転車のほうが、かえって早いでしょうに。」
「ええ、でもねミサ子さん、自転車なんて、きょうは、買うに買えないでしょう。もしも買えるとしても、ふところが承知しない。」
舟から目をはなさずにいいながら、以前でさえも月賦で買ったことを思いだした。それをしてくれた富子という自転車屋の娘は、そのあと結婚して東京でくらしてい

たのだが、はがきさえも品切れがちの戦争中に消息もたえ、そのままになっている。東京の本所で、やはり自転車屋をしていた彼女一家が、今どこにどうしているか、おそらくは三月九日の空襲で一家全滅したのではなかろうかと考えだしたのは、戦争も終るころだった。わが身のあわただしい転変に心をうばわれ、人のことどころではなかったのだ。

K町の富子の父たちの住んでいた家はいまも自転車屋であるが、どんないきさつからか戦争中に店主がかわって、今では、いつ見ても貧相な感じの年とった男が一人、きたない古自転車をいじくっているだけだった。そこでも、あととり息子が戦死したのだ。新しい自転車など、どこにあるのだろう。だのにミサ子は、しごくかんたんにいった。

「先生、もしも自転車をお買いになるんでしたら、ご相談にのりますから。」

それがどういう意味なのか問いかえすひまもなく、大吉のきゅうに速力をまして近よってきた。陸地のかげにはいって、風がなくなったのであろう。大吉は母親にだけにって笑って、そっぽをむいてすましていた。水棹を押していつもするように舳を砂浜によせ、母親の乗りこむのをまっている大吉の横顔に、いつもとちがったことばがいち早くとんできた。

「さ、坊ちゃん、つかまえてますから、あがってらっしゃい。」

おどろいてふりかえる大吉に、こんどは大石先生が笑いかけ、
「大吉、ひと休みしたら?」
だまってかぶりをふる大吉へ、
「ちょっとお母さん、この方に、お話があるの。だから、そのあいだだけ待って。」
大吉はおこったような顔をして、だまって浜にとびおりた。大きな石にとも綱をとるのをまって、
「大吉も、ここへおいで。」
大吉もいる前で、ミサ子に自転車の話をききたいと考えたのだが、もうそのことは忘れたような顔をしているミサ子と、大人っぽく膝をだいて沖を見ている大吉にはさまれて坐ると、どうしたのか自転車のことは口に出したくなくなった。どんな方法がミサ子にあるというのか。いずれは、おたがいの心をよごすはかに道がないことがわかるように思えたからだ。重くるしくだまっているうに、ミサ子は気がるに話しだした。
「早苗さんと、こないだ話したんですけど、わたしらのクラスだけで、先生の歓迎会をしようかって。」
「まあうれしいこと。でも、歓迎していただくほど、わたしが役だちますかどうか。ここへくるまでは、昔のまま元気なつもりでしたのにね、きてみると泣けて泣けて。

泣けることばかりが思いだされましてね……。」
　そういってもう涙ぐんでいる先生だった。それをいそいでぬぐい、思いさだめたようすを声のひびきにもこめて、
「しかしまあ、うれしいことですわ。クラスの人、何人いますの。」
「男が二人、女が三人。でも女のほうは小ツルさんやマッちゃんも呼ぼうと、いってますの。」
「マッちゃんて、川本松ちゃん？」
「え、ながいこと、どこにいたやらわからなかったのが、戦争中にひょっこり、もどってきたんですの。ほんのちょっと居ただけで、またどこかへ出てゆきましたけど、マスノさんが所を知ってるそうです。マッちゃん、きれいになって先生、みちがえそうでしたわ。」
　そういいながら、ミサ子の顔に異様な表情が走ったのを、わざと気づかぬ顔で大石先生は、おとといの教室を思いだしていた。
　──ちさとさんは、お父さんもおじいさんも大工さん？
　──うん、大工さんは、おじいさん。
　──松江さんて、お姉さんでしょ？　大阪におるん。洋服おくってくれたん。
　──うぅん、お母さん。

松江そっくりの黒い目をかがやかせた川本千里であった。それについて、ミサ子に聞く気はおこらなかった。しかし、別のことできかずにいられないことがあった。
「それよりか、富士子さんはどうしてるか、わかんないの?」
ミサ子は松江のときの表情をいっそう強めていった。
「あの人こそ先生、かいもく行方不明ですわ。なんでも戦時中、成金さんにうけだされて出世したという噂もありましたけど、どうせ軍需会社でしょうから、今はどうなりましたか……」
知らずしらず顔色に出たミサ子の優越感にも、人生の裏道を歩いているらしい松江や富士子のことにも、わざと目をそらすかのように大石先生はうつむいて、じぶんにでもいって聞かせるように小声でつぶやいた。
「生きていれば、また会うこともあるけれど、死んでしまったねえ。」
ミサ子もしんみりと声をおとし、
「ほんとですわ。死んで花実が咲くものか……。コトやんが死んだのは、ごぞんじですか?」
だまってうなずく先生に、ミサ子は立てつづけて、
「ソンキさんのことは?」
おなじようにうなずく先生の目に、またも涙はあふれていた。
磯吉が失明して除

隊になったと早苗からきかされたとき、早苗といっしょに声をあげて泣いた先生であったが、あのときの悲しみは今も心の底に沈もっている。早苗が見舞みまいにゆくと、磯吉は眼帯をした顔を膝ひざにつくほどうつむきこんで、いっそ死んだほうがよかったとしょげきっていたという。質屋の番頭をこころざしていた彼が、貧しい実家にかえっての立場を思うと死にたかった気持もさっしられて、泣いたのだが、今はもうちがってきている。その後の磯吉が、町のあんまの弟子でし入りをしたと聞いて、彼のそのおそがけの出発にほっとしていたからだ。たった一つの生きる道、その暗黒の世界を磯吉はどのように生きぬくであろうか。しかしミサ子は、じぶんの心の貧しさをさらけだすようなことをいった。

「生きてもどっても、めくらではこまりますわ。いっそ死ねばよかったのに。」

だれがことばに、磯吉をめくらにしたか、そんなことはちっとも考えてはいないようなミサ子のことばに、もう逃げてはいられないとばかりに、大石先生はいった。

「そんなこと、ミサ子さん、そんなことどうとしているの。ことにあなたは同級生よ。」

叱しかられた生徒のようにミサ子はあわてて、

「でも、でも、でもすもの。ソンキさんは、人にあうと死んだほうが、まししゃ、まししゃといそうですもの。」

じぶんの考えの浅さに目がさめたように、あかい顔をしてミサ子はいった。
「それを、気のどくだと思わないの。死にたいということは、生きる道がほかにないということよ。かわいそうに。そう思わないの。」
「そりゃ、思いますとも。かわいそうですわ。なんといったって同級生ですもの。でも、だいたい、わたしたちの組はふしあわせものが多いですね、先生。五人の男子のうち三人も戦死なんて、あるでしょうか。」
ならんでいる大吉に肘をつつかれて、大石先生はきゅうに気がついてふりかえった。六七人の子どもが、三人のすぐうしろを、みだれた半円形にとりまき、珍らしそうにながめていた。きゅうにふりむかれて子どもらは、飛びたつ鳥のように走りだしたが、走りながら叫んだ。

　　泣きみそ　せんせ
　　泣きみそ　せんせ

すぐうしろの丘の共同墓地のほうへ逃げてゆくのを見ると、
「ちょっと、お墓へまいりましょうか、ミサ子さん。」
「え、水もらっていきましょう。」

ミサ子はすばやく立ってそこらだから、道ばたの家へはいっていった。まもなく手桶をもって出てくるのを見ると、大石先生はあごをしゃくって墓地のほうをしめしながら、

「すぐそこ、ほんの十分かそこらだから、まっててね。お母さんの教え子の墓まいりなんだから。いっしょに、きてもいいけど。」

なんとなく不服らしい大吉を残して、二人はならんで歩きだした。

「まあ、ノッポになったことミサ子さん。あんた一ばんちっちゃかったでしょう。」

「いいえ、コトやんです。そのつぎがわたしでしたわ。……先生、コトやんの墓。」

道ばたから二足三足はいったところに、やはり黒っぽくよごれた小さな位牌が一つ、れ、黒くなった小さな板屋根の下に、雨風にさらさまるで横になって寝ているように倒れていた。生前のコトエが使っていたのであろうか、浅い茶碗に茶色の水が半ば干からびていた。それになみなみと水をそそぐそのわきで、大石先生は位牌をとって胸にだいた。これだけが、かつてのコトエの存在を証明するものなのだ。俗名コトエ　行年二十二歳　ああ、ここにこうして消えたいのちもある。医者も薬も、肉身のみとりさえもあきらめきって、たったひとり物置の隅で、いつのまにか死んでいたというコトエ。──もしもわたしが男の子だったら役にたつのにといって、お父さんがくやむんです。わたしが男の子でなかっ

たから、お母さんは苦労するん……
男に生まれなかったことをまるでじぶんがいったのようにいった六年生のコトエの顔が浮かんでくる。希望どおり彼女が男に生まれていたとしても、今ごろは兵隊墓にいるかもしれないこの若いいのちを、遠慮もなく奪ったのはだれだ。また涙である。
「去に。めずらしげにつきまわらんと。」
そういったミサ子の叱り声で、子どもたちに見られていることに気がついた。
「ほんとに、いよいよ泣きみそ先生と、思うでしょう。」
そういって笑うと、ミサ子もいっしょに笑いながら、うながすように柄杓をさしだし、
「先生、さ、お水。」
いつのまにまつったのか、摘み花のマユミの葉が茶碗に青くもりあがっていた。兵隊墓は丘のてっぺんにあった。日清　日露　日華　と順をおって古びた石碑につづいて、新しいのはほとんど白木のままの朽ちたり、倒れているのもあった。混乱した世相はここにものなかで仁太や竹一や正のはまだ新らしくならんでいた。そのあらわれて、罪もなく若いいのちをうばわれた彼らの墓前に、花をまつるさえ忘れていることがわかった。花立ての椿はがらがらに枯れて午後の陽をうけている。きち

んと区画した墓地に、墓標だけがならんでいる新らしい兵隊墓。人びとの暮しはそこへ石の墓を作って、せめてものなぐさめとする力も今はなくなっていることを、墓地は語っていた。

それは大石先生の心にもひびくことであった。同じような夫の墓を思いながら、あちこちと春草の萌えだした中からタンポポやスミレをつんで供えると、二人はだまって墓地を出た。もう泣いてはいなかったが、うしろからぞろぞろついてくる子どもたちは、あいかわらずよびかけた。

「泣きみそ　せんせえ。」

すると、うてばひびくように、大石先生はふりかえりざま答えた。

「はァいィ。」

おどろいたのはミサ子だけではなかった。子どもたちのやんやと笑う声をうしろに、先生も笑いながら、まだ知らぬらしいミサ子にいった。

「どうも、へんなあだ名よ。こんどは泣きみそ先生らしい。」

若葉の匂(にお)うような五月はじめのある朝、大石先生は校門をくぐるなり、一年生の西口勝子の待ちかまえていたらしい姿に出あった。

「せんせ、ゆうびん。」

ほこらしげに勝子は、一通の手紙をつきだした。

「——たまの日曜日、先生も御用の多いこととおさっしいたしますが、どうぞどうぞお出かけくださいませ。一度御相談してからと思っていますうちに、だんだん麦も色づきだしましたし、麦刈りが近づくにつれ、しだいにむつかしくなりそうでしたので、大いそぎ私たちでとりきめました。この日ですと、たいていの顔がそろうはずですから、どうぞお出かけくださいますよう……。」

例の歓迎会の案内である。ミサ子やマスノの名も書いてあったが、早苗の字なのは、はじめからわかっていた。読みおわった先生は、勝子にむかって、

「お母さんに、先生が、ハイっていってたといってね。わかった。ただね、ハイっていえばいいの。」

だが、ひとりじぶんの机の前に腰かけると、さて困った、とつぶやいた。というのは、ちょうどその日にあたるあさっての日曜日には、少し早いが八津の年忌をしようと、昨夜大吉たちと約束をしたばかりなのであった。いなりずしでも作ろうというと、

「わあっ！」

と、並木はからだごと歓声をあげ、大吉は大吉で兄らしい思慮をめぐらしていったのである。
「お母さんお母さん。八津の墓にもいなりずしもってってやろう。ぼく、明日学校の帰りにK町のやみ市であぶらげ買ってきとく。お母さんお母さん、あぶらげ何枚たのむん？ お母さんお母さん、やみ市でも大豆持っていくん？ 何合もっていくん？ お母さんお母さん、ぼくたち、今日から瓶で米つこうか——。」
 こんなときやたらお母さんお母さんとかさねていうのが大吉のくせであった。よほどうれしかったのだ。それをのばすといったら、どんなにかがっかりするだろう。
 年忌とはいっても、時節がら客をまねいたり、坊さんをよんだりするのではない。いわば、いつも留守番をしたり、送り迎えをしてくれる二人の息子をなぐさめるための計画であり、久しぶりに月給をもらったひそかな心祝いでもあった。それを八津に結びつけたのは、八津と同じ年の一年生を見るにつけ、八津が思いだされたのでもあったし、ミサ子といっしょに仁太や竹一たちの墓へまいったりしたことからの思いつきでもあった。
 その日先生は家へ帰ってから、二人の子どもの前で話しだした。
「なあ、君たち、こまったことができたんだけど、あさっての日曜日、八津の年忌、一週間のばそうよ。」
 事ができたの。八津の年忌、一週間のばそうよ。」
お母さん用

「いやっ。」

「いやだっ。」

二人はま正面から反対した。

「そう。こまったな。お母さんの昔の教え子がね、歓迎会をしてくれるというのよ。歓迎会って、よろこんでむかえてくれる会よ。それをことわるわけには、いかんだろ。」

「いやっ。やくそくしたもん。」

いつも留守番の時間の多い並木はひるまずそういったが、大吉はさすがにだまっていた。しかしその顔には、失望の色がはっきりあらわれていた。

「そうよ。おまえたちと約束したから、お母さんこまったのよ。いっしょに考えてよ、並木も大吉も。お母さん、歓迎会にいかないで、家にいたほうがいい？」

そして、手紙をよんで聞かせた。二人ともだまりこんで、顔を見あわしていたが、やがて並木は、ぶつぶつとつぶやいた。

「やくそくしたもん。ぼくらのやくそくのほうが、さきだもん。民主主義だもん。」

民主主義に思わずふきだしたお母さんは、それと同時に一つの考えが浮かんだ。

「じゃあね、これはどう。八津の年忌はのばすのよ。そして、あさっては本村へピクニックとしようや。お母さんの会は水月楼よ。ほら、香川マスノって生徒のやっ

てる料理屋。そこで、歓迎会がすむまで、おまえたち、本村の八幡さまや観音さんで遊ぶといい。お弁当は、波止場ででも食べなさいよ。そうだ、釣竿もってって波止場で釣りしたっておもしろいよ。どう？」

「わあっ、うまい。うまい。」

並木がまたさきに歓声をあげ、大吉もさんせいらしい笑顔でうなずいた。

日曜日は朝から曇っていた。ふりさえしなければ、一本松から一里の道を歩くにはかえって都合がよかった。歓迎会は一時からというので、十五分ほどバスにのればゆけた道を母子はてくてくと歩きだした。以前ならば都合がよかった。出あう人がきいた。

「おそろいで、どちらへ？」

返事をするのは並木ときまっていた。並木は少しふざけて、

「ぴくにいくんだよ。」

それはピクニックというのをわざとそういったのであるが、だれにも通じなかった。きさかえすものもなかった。それがまた、二人にはおもしろくてたまらなかった。向こうから知った人の姿があらわれるたびに、おそろいでどちらへ、

と二人は、母子三人だけに聞こえる声でいう。すると、かならずそれはあたった。

「おそろいでどちらへ？」
「ぴくにいくんです。」
　並木はすごく早口でいって、とっとゆきすぎた。大吉がおっかけていって、二人はしゃがみこんで笑う。こんなことは生まれてはじめてなので、一人はうきうきしていた。何度も同じことをくりかえしているうち、もうたずねる人もなくなったころには、隣りの村にさしかかり、お母さんと別れねばならぬ場所が近づくと、さすがのきょうだいも少し不安になったらしく、かわるがわるきいた。
「お母さん、ぼくらのピクニックのほうが早くすんだらどうしよう。」
「そしたら水月の下の浜で、石でも投げてあそんどればいい。」
「本村の子が、いじめにきたら。」
「ふん、並木もいじめかえしてやりゃあいい。」
「ぼくらより強かったら。」
「かいしょうのない、大きな声でわあわあ泣くといい。」
「笑われらァ。」
「そうだ、笑われらァ。泣き声がきこえたら、お母さんも水月の二階から手たたいて笑ってやらァ。」

「お母さんの歓迎会、浜の見える部屋?」
「たぶんそうだろう?」
「そんならときどき顔出して見てなあ。」
「よしよし、見て、手をふってあげる。」
「そしたら、大石先生とこの子じゃと思うて、いじめんかもしれん。」
「お母さん、もしも、雨降ってきたら、どうしようか?」
並木に大石先生といわれたことで、大石先生は思わずにやりとなり、
「へえ、大石先生か、このお母さんが……。」
岬では泣きみそ先生といわれているといおうとしてやめた。別れ道へきていた。
そこから二人は八幡山へ登るのだった。十間ほどもいってから、大吉が叫んだ。
「お母さん、二人で考えなさい。」
水月まではもうあと十分たらずだった。まっすぐに歩いてゆくと、向こうから早
苗とミサ子が子どものように走ってきた。
「あんぽんたん。」
「せんせえ。」
ろくにあいさつもしないで、両側からとびついてきた。
「先生、めずらしい顔、だれだと思います?」
早苗がいった。

「めずらしい顔？」
「一ぺんにあてたら、先生を信用するわ。な、ミサ子さん。」
二人はいたずらっぽくうなずきあって笑った。
「ああこわい。信用されるかされないか、二つに一つのわかれ道ね。さてと、めずらしいといわれると、さしずめ、ああ、ふたりでしょう、富士子さんに松ちゃん？」
「わあ、どうしょう！」
早苗は子どものように大声をあげた。
「あたったの？　二人ともきたの？」
「いいえ、ひとり。あてて？　わあ、もうわかったわ。いるんだもん。」
三人はもう水月の前にきていた。見ていたのか玄関には小ツルやマスノをまん中にして、ずらりとならんでいたのだ。黒めがねの磯吉にどきんとしている大石先生の肩へ、いきなりしがみついて泣きだしたのは、マスノの横に立っていた、どこなくいきなつくりの着物をきた女だった。
「せんせ、わたし、松江です。」
名のられるまえに、先生もすぐ気がついた。

「まあ、ほんとに珍らしい顔。よくきたわねマッちゃん、ほんとに、よく。ありがとうマッちゃん。」

松江はしゃくりあげながら、

「マスノさんから手紙もらいましてな、こんなときをはずしたら、もう一生仲間はずれじゃと思うて、恥も外聞も、かなぐりすててとんできました。先生、かんにんしてください。」

「これ、マッちゃんひとりの先生じゃありませんぞ。さ、いいかげんで、上へ行こう、行こう。」

それこそ恥も外聞もなく泣きだすのをみると、マスノはわざと衿がみをつかんでひきもどしながら、

「先生、マッちゃんひとりの先生じゃありませんぞ。さ、いいかげんで、上へ行こう、行こう。」

やっぱり海に向かった座敷だった。

「ソンキさん、こんにちは。」

先生は磯吉の手をとっていっしょに階段をあがろうとした。

「あ、先生、しばらくでした。」

「七年ぶりよ。」

「そうですな。こんなざまになりましてな。」

磯吉はちょっと立ちどまってうつむいたが、ひかれるままに先生とならんで階段

をあがった。曇っていた空は少しずつ晴れまを見せ、ま昼の太陽は海の上にぎらぎらしていた。二階はまぶしいほどのあかるさなのに、山に面した北窓のほうは今にも降ってきそうな、奇妙な空模様である。しかし、八畳を二つぶっとおした部屋に、さわやかな風はみちわたり、肌にこころよくしみとおるようだった。
「ああら、眺めのいいこと、ちょっとォ……。」
てすりのそばからだれにともなくふりかえった小ツルは、きゅうに口をおさえてあとをいわなかった。磯吉を見たからだ。そのまの悪さをすぐに、ふっ消すように、マスノはれいのゆたかな声で、
「さ、先生はここ。ソンキさんとならんでください。こっちがわがマッちゃん。ふたりで先生をはさんで、堪能するだけしゃべりなさい。あとはめいめい勝手にすわって。」
投げだすようにいってはいるが、それはじつに思いやりのあるマスノのはからいであることを、先生はひそかに感じた。
「先生を、一年生みんなでおむかえしたつもりですの。ですから……。」
ちらりと磯吉を見て、マスノもやはりあとをいわずに床の間を指した。そこにはハガキ型の小さな額縁にいれた一本松の下の写真が、木彫の牛の置物にもたせかけてあった。早苗がかんたんではあるが、あらたまった挨拶をすますと、マスノはま

たまを置かずにいった。
「さ、あとは無礼講でいきましょうや。昔の一年生になったつもりで、なあ、ソンキ。」
 きちんとかしこまった磯吉はにこにこしながら膝をさすっていって。さっきから、きっかけをつかもうとあせっていた松江は、先生にすりよっていって、こむようにしながら、
「せんせ、千里がお世話になりまして。それ聞いたときわたし、うれしいてうれしいて。わたしはもう先生の前に出られるような人間ではありませんけど、でも、たとえどんなにけいべつされても、わたしは先生のこと忘れませんでした。あの弁当箱、今だって持ってますから、大事に。」
 そういって、ハンカチーフを目にあてるのを見ると、マスノはまぜかえすような調子で、
「なーにをマッちゃんがまた、酒ものまんうちにひとりでくだまいてるの。やめた、やめたそんなぐち。先生の前でいうこっちゃないわ。昔にかえって！」
 ぽんと松江の肩をたたくと、松江はむきになり、しかし陽気さをくわえていった。
「だから昔話してんのに。なあ先生。わたし、あの弁当箱、娘にもやりたくないんです。あの弁当箱だけは、戦争中は防空壕にまで入れて守ったんです。わたしの

宝でした。今日もお米いれて持ってきたんですよ、先生。」
それを聞くと吉次が、あ、そうじゃ、といいながら、国防服の脇ポケットから小さな布袋をとりだし、
「はい、うら（私）の食いぶに。」
と、マスノのほうへさしだした。
「ええじゃないかキッチン、おまえ、魚ももってきてくれたもん。」
どうやら今日の会はもちよりであるらしいと思いながら、大石先生はしきりに松江の話を聞こうとした。松江のいう弁当箱とはいったいなんだろうと思ったからだ。防空壕にまで入れた宝の弁当箱とは。
先生はあの百合の花の弁当箱のことをすっかり忘れていたのだった。
「マッちゃん、弁当箱って、なあに？」
小声できくと、松江はとんきょうな声を出し、
「あら、先生、忘れたんですか。そんならもってくる。」
とんとん音立てて階段を走りおりていったと思うと、やがてまたとんとんかけあがってきた松江は、みんなの前に、からの弁当箱を、赤ん坊のするあるまいあるま、いでしてみせ、
「どうですこれ、わたしが五年生になったとき先生にもらったんですよ皆さん。ど

うです、どうです。」

わあと歓声があがり、

「先生、見そこないました。先生がマッちゃんだけにそんなひいきをしたの、知らなんだ、しらなんだ。」

マスノの抗議にまた笑声があがった。しかし、先生は涙ぐんでそれを見ていた。見せられて思いだしたその弁当箱に、いちども弁当をつめて学校へはこなかった松江のことが、修学旅行のとき、桟橋前の小料理屋で、てんぷらうどん一丁ッと叫んでいた松江の姿が、久しぶりに生きて動いて、いま目の前にいる松江とむすびつこうとしている。かわいそうだった松江、そのかわいそうさをくぐってきたことをじぶんの恥のように卑下しているような松江、……。

ぽつぽつ料理が運ばれ出すと、松江はいち早く立ちあがった。ビールとサイダーを両手にもって、なれた手つきでついでまわると、それを見さだめてからマスノがいった。

「さ、先生のために、乾杯！」

マスノはまっさきにコップを干した。松江がつぐのをつづけて干してから、大きなためいきをし、

「ああ、ここに仁太やタンコがおったらなあ。そしたらもういうことないですな先

生。ソンキにタンコにキッチンに仁太と、人の好いのがそろとったのに。竹一じゃとて、上の学校へいきだしてからは少しすましとったけど、人間はよかった。わたしらの組、お人好しばっかりじゃないですか。それが、男はみんなろくでもない目にあい、女は海千山千になってしもた。小ッやんや早苗さんじゃとて、やっぱり海千山千よ。ただその筆頭が、わたしとマッちゃんかな。でもやっぱり、人はわるうないですよ。苦労しただけ、もの分かりもええつもりです。ミイさんのような賢夫人や、小ッやんや早苗さんのオールド・ミスのおえら方にはできんことも、わたしらはするもん。なあマッちゃん、大いにやろう。」

そういって松江のコップにビールをついだ。ビールをのんでいるのは二人だけなのだ。小ツルははじめから磯吉のそばにすわりこんで、いちいち食べるものの世話役をしているし、松江は松江で、ここがじぶんの持場だというように、小まめに立ったりすわったりして料理をはこんでいた。昔ながらのおとなしさで、だまってのんだり食ったりしている吉次とならんで、早苗はふきだしながら、先生のほうを見、

「な先生、そう思いませんか。こういうところに出ると一ばん役に立たんのは学校の先生だと。」

肩をすくめて笑うと、

「わたしこそ。」

と、ミサ子がもじもじしたので、そこで笑いが渦まいた。だいぶ酔ってきたマスノは、磯吉のそばによってきて、コップを手ににぎらせ、
「さあ、ソンキ、あんまになるおまえのために、も一ぱいいこう」。
「ソンキさん、磯吉ははじめから膝もくずさず、きちょうめんにかしこまっていた。あんたももっとらくにすわったら。」
大石先生にそういわれると、磯吉は少しななめにまげた首のうしろに手をやり、
「いやあ先生、このほうがじつは、らくなんです。」
質屋の番頭が目的だった彼の十代の日の膝の苦行はもう身についてしまっているというのだ。彼はいま、三十に近くなって、こんどは腕をかためねばならないのだ。もうすでにかたまった彼の腕がどこまで、あんまとして成就できるか。しかもそれよりほかに生きる道はないのである。あんまの師匠は、そういう弟子をとりたがらないのだが、マスノの骨折りで、彼のばあいは首尾よく住みこめたという。その磯吉に、マスノはまるで弟あつかいの口をきき、
「おまえがめくらになんぞなって、もどってくるから、みんなが哀れがって、見えないおまえの目に気がねしとるんだぞ、ソンキ。そんなことにおまえ、まけたらかんぞ、ソンキ。めくらめくらといわれても、平気の平ざでおられるようになれねえよ、ソンキ。」

ビールは磯吉の膝にこぼれた。それを手早く磯吉はのみほし、マスノにかえしながら、
「マアちゃんよ、そないめくらめくらいうないや。うらァ、ちゃんと知っとるで。みな気がねせんと、写真の話でもめくらのことでも、大っぴらにしておくれ。」
思わず一座は目を見あわせて、そして笑った。ソンキにそういわれると、今さら写真にふれぬわけにもゆかなくなったように、写真ははじめて手から手へ渡っていった。ひとりひとりがめいめいに批評しながら小ツルの手に渡ったあと、小ツルは迷うことなくそれを磯吉にまわした。
「はい、一本松の写真！」
酔いも手つだってか、いかにも見えそうなかっこうで写真に顔を向けている磯吉の姿に、となりの吉次は新らしい発見でもしたような驚ろきでいった。
「ちっとは見えるんかいや、ソンキ。」
磯吉は笑いだし、
「目玉がないんじゃで、キッチン。それでもな、この写真は見えるんじゃ。な、ほら、まん中のこれが先生じゃろ。その前にうらと竹一と仁太が並んどる。このこれがマアちゃんで、こっちが富士子じゃ。マッちゃんが左の小指を一本にぎり残して、手をくんどる。それから——」

磯吉は確信をもって、そのならんでいる級友のひとりひとりを、人さし指でおさえてみせるのだったが、少しずつそれは、ずれたところをさしていない吉次にかわって大石先生は答えた。
「そう、そう、そう、そうだわ、そうだ。」
あかるい声でいきをあわせている先生の頬を、涙の筋が走った。みんなしんとしたなかで、早苗はつと立ち上った。酔ったマスノはひとり手すりによりかかって歌っていた。

　はるこうろうのはなのえん
　めぐるさかずきかげさして

じぶんの美声に聞きほれているかのようにマスノは目をつぶって歌った。それは、六年生のときの学芸会に、最後の番組として彼女が独唱し、それによって彼女の人気をあげた唱歌だった。早苗はいきなり、マスノの背にしがみついてむせび泣いた。

解説

壺井さんはこの物語のはじめに、「十年をひと昔というならば、今からふた昔半もまえのことになる」といって、具体的に次のように説明している。「世の中のできごとはといえば、選挙の規則があらたまって、普通選挙法というのが生まれ、二月にその第一回の選挙がおこなわれた、二か月後のことになる」つまり昭和三年四月四日、「農山漁村の名が全部あてはまるような、瀬戸内海べりの一寒村」へ、今までのような「女学校出の準教員」ではなく、「女学校の師範科を出た正教員のぱりぱり」の大石先生が赴任してきたのである。

普通選挙は「世の中のできごと」としてたしかに重大な意味をもっている。明治二十三年（一八九〇年）に帝国議会が開設されたが、それは財産をどれだけもっているかを条件とする制限選挙制であったので、はやくから選挙権要求の運動が起った。明治三十三年（一九〇〇年）には、中央組織としての普通選挙期成同盟会が設立され、これには、片山潜、幸徳秋水、堺利彦など、もっとも熱心な社会主義者たちが参加した。

第一次世界大戦当時のデモクラシー思潮のたかまりと共に、普選運動は新たな時期に入り、大正十四年（一九二五年）、ようやく普通選挙法が成立した。国会が開設されてから約四十年ぶりに普選の第一回選挙が行われたことは、たしかに「世のできごと」としてみのがすことはできぬであろう。

ところで作品はまた、「なにしろ昭和三年である。普通選挙がおこなわれても、それをよそごとに思っているへんぴな村のことである」と書いている。つまり新任の大石先生が、洋服を着て、自転車で通うのが、「岬の村の人にはひどくぜいたくに見え、おてんばに見え、よりつきがたい女に見えたのであろう」という。

はじめ大石先生は、下宿してはとすすめられたのを、母子いっしょに暮らせるのをただひとつの楽しみにして、片道八キロもあるところを自転車でかよう決心をした。そこで自転車は、大石先生と親しかった自転車屋の娘の手づるで、五か月月賦で手に入れた。着ていくものがないので、母親のセルの着物を黒く染めて、へたでも自分で縫った。それとも知らぬ人々は、おてんばで自転車に乗り、ハイカラぶって洋服をきていると思ったわけである。

この物語は、こんなふうに、その発端を、昭和三年二月にはじめて行われた普通選挙と結びつけ、それをよそごとに思っているような、へんぴな村を舞台に、洋服姿で自転車に乗って登場した大石先生を中心にして、教え子たちの群像を描き出し、その

後彼らがたどった人生行路を語っている。

*

年表をみると、普選法の成立した大正十四年（一九二五年）に、同時に他方では治安維持法が成立している。また昭和三年二月、さいしょの普選による衆議院議員の選挙が行われたが、これに対して翌三月、四月には、左翼陣営の大検挙が行われ、治安維持法改正が緊急勅令により公布され、無期・死刑が追加されている。

ここに昭和の歴史の幕が切って落される。『二十四の瞳』の少年たちが、はじめて教壇に立つ大石先生の受持になったのは、ちょうどこういう瞬間であった。

少年たちは、その後どんな時代に青年となっていったか。

すでに昭和二年、日本陸戦隊が中国の漢口で「暴徒」なるものと衝突している。翌三年になると、日本は中国山東省に出兵し、済南事変を起している。同年三月には「満洲」（東北省）を奪

昭和六年九月には、「満洲事変」（柳条湖事件）を起して奉天を占領した。

さらに翌七年一月には、「上海事変」に発展。

って形だけの「満洲国」をつくりあげる。

こうして昭和十二年には、ついに中国への全面的な侵略戦争となる。

昭和十四年、ノモンハン事件。

翌十五年には、日独伊の三国同盟が成立し、ここに国際的な反共・ファシズムの体

制が確立される。

昭和十六年十二月八日、日本は先手を打ち、ハワイ真珠湾を不意打ちしていよいよ世界戦争となる。──

『二十四の瞳』の少年たちは、文字どおり侵略戦争の時代に青年になった。

壺井さんは「あとがき」に、

「くりかえし私は、戦争は人類に不幸をしかもたらさないということを、強調せずにはいられなかったのです」（昭和二十七年十二月はじめ）

と書いている。

敗戦とともに、占領下の制約のなかで、いちおう言論・集会結社・出版・思想の自由が認められた。もはや、かつての軍隊はない。そのかぎりではたしかに一種の「解放」であった。

ところが昭和二十五年六月には、日本を基地としてアメリカ軍による朝鮮侵略戦争がはじまった。同時に二か月後には、日本に警察予備隊が設置された。ひきつづき十月には、戦犯に対する第二次の追放解除（一〇〇九〇名）が行われると共に、他方では、翌十一月、民主陣営に対して、官公庁のレッド・パージがはじまった。パージは広く共産党や労働組合の活動家に及んだ。

こういう段どりのうえで、二十六年には、九月に日米安全保障条約が、さらに翌二

十七年には日米行政協定が調印されると共に、他方では、つづいて破壊活動防止法が公布され、いっさいの民主的活動を対象とした公安調査庁が設けられ、保安隊の元締めとして保安庁ができたのである。

　　　*

　壺井さんが昭和二十七年の夏、信州の山の宿にこもって『二十四の瞳』を書いているあいだにも、情勢は急速に変化しつつあった。
「仕事の半ば進んだある日、越中島の保安隊本部で隊員たちを前にして『国軍の基礎たれ』と訓示した首相の言葉が、その日の写真とともに新聞に報道された時などを、私は机の前にすわっていることに苦痛を感じて落ちつけなかったのを思いだします」
　壺井さんは作者としてこんな経験をもしている。この作品が書かれたあと、二十九年には、三月、日米相互防衛援助協定（MSA）が調印され、さらに国会議場で大乱闘のうちに警察法、防衛庁設置法、自衛隊法が可決された。
　こうして日本の軍国主義化と対米従属とは、アメリカの支配に対する日本政府の協力によって押しすすめられてきた。それは昨年六月の安全保障条約の改定にまで立ちいたった。当時、世界の注目の的となった日本人民の反対闘争については、ここでふれるまでもないであろう。
『二十四の瞳』が書かれてから十年になる。壺井さんは十二人の少年、少女たちを、

二十四の瞳というふうにみている。おとな同士では、ごく自然に相手の眼をじっとつめることは、いつでもできるとは必ずしもいえない。ところが少年少女たちは、特別な性格とか、何かの事情がないかぎり、お互同士はもちろん、おとなの眼をも、じっと見つめることが、いつでもできる、といえるだろう。

とにかく、おとなとはちがう。壺井さんはそういう意味で意識してこの題名をつけたのではないだろうが、この題名からそういうことをも考えられる。つまり少年少女たちを、その家庭生活、本人の性格、ことに、おのずからそなわっている、おとなの真似など、──とくにこの作品では、集団としての子どもたちが描かれているだけに、あざやかなのである。

ある日、ひとりおくれた大石先生は、職員室にとびこんだとたん、異様な室内の空気に思わず立ちどまり、だれに話しかけようかというふうに、十五人の先生たちを見まわした。みんな心配そうな、こわばった顔をしていた。──片岡先生が警察へひっぱられたのである。

近くの町の小学校の稲川という教師が、受けもちの生徒に反戦思想を吹きこんだというのであった。証拠品というのは、稲川先生が受けもっている六年生の文集『草の実』だというのである。

ところが大石先生は、その『草の実』のなかの綴方を、感心して、「麦刈り」だの、「醬油屋の煙突」などを、自分の組の生徒に読んで聞かせたりした。翌日の新聞は、稲川先生のことを大きな見出しで「純真なる魂を蝕む赤い教師」と書き立てている。生徒の信望を集めていたという稲川先生は、一朝にして国賊に転落させられたわけである。

壺井さんはこんなふうに書いている。戦時中には、とくに昭和十年前後の時期には、全国の小学校の先生のなかに、どのくらいの数の稲川先生と『草の実』が存在していただろうか。また大石先生のように、この時代に何らの偏見にもとらわれず、こういう雑誌の愛読者、支持者となっていた先生は、全国ではどのくらいの数にのぼっていただろうか。

『二十四の瞳』は、やはりいつまでも少年少女たちの伴侶となるにちがいない。

窪 川 鶴 次 郎

壺井 栄

明治三十三年(一九〇〇)——昭和四十二年(一九六七)。香川県小豆島に生まれる。父は樽職人で、二十人くらいの大家族の中で育つ。家運傾き、子守りをしながら、高等小学校を出る。十五歳の時、初任給二円の村の郵便局につとめ、以後、村役場にもつとめる。この頃、同郷の黒島伝治、壺井繁治らと親しみ、大正十四年上京、壺井と結婚。宮本百合子、佐多稲子らと知り合い、文学への道が開かれ、昭和十三年、処女作『大根の葉』を発表、以後文筆生活に入る。

〔主著書〕『暦』『妻の座*』『二十四の瞳*』『海風*』『雑居家族*』『岸うつ波*』『まないたの歌*』『忘れ霜』『補襠』『雨夜の星』『草の実』『あしたの風』『若い樹々』等。

*印 角川書店刊

本書は『壺井栄全集』(筑摩書房)を底本とし、旧字体を新字体に、旧仮名づかいを新仮名づかいに改めました。

また、本書中には、今日の人権擁護の見地に照らして、不適切と思われる語句や表現がありますが、著者自身に差別的意図はなく、また著者が故人であること、作品自体の文学性・芸術性を考え合わせ、原文のままとしました。

(編集部)

二十四の瞳

壺井 栄

角川文庫 14733

昭和三十六年九月三十日　初版発行
平成十九年六月二十五日　改版初版発行

発行者——井上伸一郎
発行所——株式会社　角川書店
　　　　東京都千代田区富士見二-十三-三
　　　　電話・編集　（〇三）三二三八-八五五五
　　　　〒一〇二-八〇七八
発売元——株式会社角川グループパブリッシング
　　　　東京都千代田区富士見一-十三-三
　　　　電話・営業　（〇三）三二三八-八五二一
　　　　〒一〇二-八一七七
　　　　http://www.kadokawa.co.jp/
印刷所——暁印刷　製本所——BBC
装幀者——杉浦康平
本書の無断複写・複製・転載を禁じます。
落丁・乱丁本は角川グループ受注センター読者係にお送りください。送料は小社負担でお取り替えいたします。

定価はカバーに明記してあります。

Printed in Japan

つ 1-1　　ISBN978-4-04-111311-0　C0193

角川文庫発刊に際して

角川源義

　第二次世界大戦の敗北は、軍事力の敗北であった以上に、私たちの若い文化力の敗退であった。私たちの文化が戦争に対して如何に無力であり、単なるあだ花に過ぎなかったかを、私たちは身を以て体験し痛感した。西洋近代文化の摂取にとって、明治以後八十年の歳月は決して短かすぎたとは言えない。にもかかわらず、近代文化の伝統を確立し、自由な批判と柔軟な良識に富む文化層として自らを形成することに私たちは失敗して来た。そしてこれは、各層への文化の普及滲透を任務とする出版人の責任でもあった。

　一九四五年以来、私たちは再び振出しに戻り、第一歩から踏み出すことを余儀なくされた。これは大きな不幸ではあるが、反面、これまでの混沌・未熟・歪曲の中にあった我が国の文化に秩序と確たる基礎を齎らすためには絶好の機会でもある。角川書店は、このような祖国の文化的危機にあたり、微力をも顧みず再建の礎石たるべき抱負と決意とをもって出発したが、ここに創立以来の念願を果すべく角川文庫を発刊する。これまで刊行されたあらゆる全集叢書文庫類の長所と短所とを検討し、古今東西の不朽の典籍を、良心的編集のもとに、廉価に、そして書架にふさわしい美本として、多くのひとびとに提供しようとする。しかし私たちは徒らに百科全書的な知識のジレッタントを作ることを目的とせず、あくまで祖国の文化に秩序と再建への道を示し、この文庫を角川書店の栄ある事業として、今後永久に継続発展せしめ、学芸と教養との殿堂として大成せんことを期したい。多くの読書子の愛情ある忠言と支持とによって、この希望と抱負とを完遂せしめられんことを願う。

一九四九年五月三日

角川文庫ベストセラー

新選組血風録 新装版　司馬遼太郎

京洛の治安維持のために組織された新選組。〈誠〉の旗印に参集し、一瞬の世を夢と野心を抱いて白刃と共に生きた男の群像を鮮烈に描く快作。

新選組興亡録　司馬遼太郎・柴田錬三郎・北原亞以子・戸川幸夫・船山馨・直木三十五・国枝史郎

幕末の騒乱に、一瞬の光芒を放って消えていった新選組。その魅力に迫る妙手たち9人による傑作アンソロジー。縄田一男による編、解説でおくる。

新選組烈士伝　津本陽・池波正太郎・三好徹・南原幹雄・子母沢寛・司馬遼太郎・早乙女貢・井上友一郎・立原正秋・船山馨

最強の剣客集団、新選組隊士たちそれぞれの運命。「誠」に生きた男に魅せられた巨匠10人による精選アンソロジー。縄田一男による編、解説でおくる。

晩年　太宰治

作者は自分の生涯の唯一の遺書になると思いで「晩年」と名付けた——。『葉』『思い出』『魚服記』『列車』『地球図』他十点を収録。

走れメロス　太宰治

約束の日まで暴虐の王の元に戻らねば、身代りの親友が殺される。メロスよ走れ！　命を賭けた友情の美を描く名作。

斜陽　太宰治

古い道徳とどこまでも争い、太陽のように生きる一人の女。昭和二十二年、死ぬ前年のこの作品は、太宰の名を決定的なものにした。

人間失格・桜桃　太宰治

太宰自身の苦悩を描く内的白叙伝「人間失格」、家族の幸福を願いながら、自らの手で崩壊させる苦悩を描いた絶筆「桜桃」を収録。

角川文庫ベストセラー

吾輩は猫である	夏目漱石	漱石の名を高らしめた代表作。苦沙弥先生に飼われる一匹の猫にたくして展開される痛烈な社会批判は、今日なお読者の心に爽快な共感を呼ぶ。
坊っちゃん	夏目漱石	江戸っ子の坊っちゃんが一本気な性格から、欺瞞にみちた社会に愛想をつかす。ロマンティックな稚気とユーモアは、清爽の気にみちている。
三四郎	夏目漱石	「無意識の偽善」という問題をめぐって愛さんとして愛を得ず、愛されんとして愛を得ない複雑な愛の心理を描く。
それから	夏目漱石	社会の掟に背いて友人の妻に恋慕をよせる主人公の苦悶。三角関係を通して追求したのは、分裂と破綻を約束された愛の運命というテーマであった。
注文の多い料理店	宮沢賢治	すでに新しい古典として定着し、賢治自身がもっとも自信に満ちて編集した童話集初版本の復刻版。可能な限り、当時の挿絵等を復元している。
銀河鉄道の夜	宮沢賢治	自らの言葉を体現するかのように、賢治の死の直前まで変化発展しつづけた、最大にして最高の傑作『銀河鉄道の夜』。
風の又三郎	宮沢賢治	どっどど どどうど……大風の吹いた朝、ひとりの少年が転校して来、谷川の小学校の子供たちは、ふしぎな気持ちにおそわれる。